후쿠시마 참치

송주성 장편소설

히움

후쿠시마 참치

1판 1쇄 발행 2023년 10월 4일

지은이 송주성

교정 주현강 편집 이새희
마케팅·지원 김혜지

펴낸곳 (주)하움출판사 펴낸이 문현광

이메일 haum1000@naver.com 홈페이지 haum.kr
블로그 blog.naver.com/haum1000 인스타 @haum1007

ISBN 979-11-6440-430-8

후쿠시마 참치

송주성 장편소설

목차

1

뉴클리어-81

8월 24일 일본의 대형 크루즈선 후쿠시마호가 부산항에 입항하고 일본인 단체 관광객 이천여 명이 부산 관광에 나섰다. 젊은 일본 여성이 한밤에 재패니즈친 한 마리를 안고 호텔에서 나와 해운대를 걸으며 셀카 찍는 데 정신이 팔려있었다. 멋대로 해변을 뛰어다니던 그녀의 강아지가 유기견 발바리를 보고 뛰어가더니 해운대에서 함께 사라졌다. 일본 여자는 강아지를 애타게 부르고 해운대를 미친 듯이 뛰어다니며 찾아 헤맸다. 그도 그럴 것이 체구가 작고 털이 긴 일본 토종개 재패니즈친은 귀족들만 키우는 일본 왕실의 사랑받는 블랙앤화이트종으로 머리 양쪽 눈과 귀가 블랙이고 주둥이와 이마는 화이트였다. 그리고 허리와 꼬리에 검정 털이 무성했다. 일본 여자는 강아지 '시로시루'를 2박 3일의 부산 여행

기간 중 찾지 못하자, 해운대파출소에 일본 재피니즈친 강아지 실종신고를 하고 '오야코'란 이름과 주소, 연락처 그리고 시로시루를 안고 찍은 사진을 남기고 크루즈선 후쿠시마호를 타고 일본으로 돌아갔다.

김성철은 해운대의 바다타워 5501호에서 커피를 마시며 여명이 트는 동해를 바라봤다. 파도가 "쏴악! 쏴악!" 해운대 백사장을 뒹굴며 하얀 포말을 일으키고 커피에 크림이 퍼지듯 구름이 바다에 짙게 내려앉아 있었다. 커피잔을 비울 즈음 달맞이고개 앞바다의 구름 사이로 해가 손톱보다 작은 머리를 들고 올라오기 시작하더니 사과처럼 떠올라 해운대 바다에 찬란하게 해빛길을 내며 반짝였다. 아내 정숙이 일어나 성철의 어깨에 기대고 늦은 해돋이를 감상하며 아쉬운 듯 말했다.

– 여보, 우리 동백섬이나 한 바퀴 걷고 올까?
– 그러지, 뭐!
성철은 아내 손을 잡고 동백섬 누리마루를 향해 거북이걸음으로 느긋하게 바다의 짠물 냄새를 맡으며 산책을 즐겼다. 칠십칠 세의 동갑내기 아내 손은 핏줄이 솟아오르고 피부가 쭈글쭈글 늘어져 닭발처럼 볼품없었다. 그래도 따뜻한 기운은 남아있었다. 동백꽃이 활짝 피어 두 사람을 반겼다. 나무의 동백꽃도 아름답고 땅에 떨어진 동백꽃도 붉은빛을 잃지 않고 멋스럽게 널려있었다.

부부는 떨어진 동백꽃처럼 황혼기를 살고 싶어 해운대 바다타워로 이사 왔다. 아내는 죽기 전에 바다를 원 없이 보며 살아보는 것이 마지막 소원이라고 했다. 서울의 숨 막히는 답답한 생활보다 해운대는 바다도 시원하고 공기가 좋아 노년을 즐기기에는 최고였다. 몇 발자국만 나가면 낚시로 물고기를 잡을 수 있고, 싱싱한 회를 떠 오십오층에서 동해를 바라보며 아내와 마시는 맥주는 인생 최고의 행복으로 성철도 부산살이에 만족하고 정숙도 대만족했다. 성철은 공무원으로 원자력연구소에서 삼십 년 이상 근무해 연금이 나오고 아내도 보건복지부에서 의사로 삼십 년 이상 근무한 덕에 연금이 나왔다. 두 사람의 연금액을 합하면 일반 회사에 다니는 맞벌이 부부의 월급과 비슷했다. 성철이 갑상샘암으로 갑상샘을 모두 제거한 거 말고는 두 사람 모두 건강했다. 갑상샘에 좋다는 싱싱한 해산물을 손쉽게 구할 수 있는 것도 부산 생활의 이점으로 의사 출신인 아내는 남편의 건강에 유달리 신경을 많이 썼다.

이른 새벽이라 산책하는 사람은 없었다. 성철은 누리마루

APEC하우스까지 양팔을 높이 휘저으며 걷고 아내는 팔을 활기차게 경보선수처럼 높이높이 올리고 내렸다. 누가 봐도 칠십칠 세의 동갑내기 부부라고 생각하기 어려운 오십대 후반쯤으로 보였다. 누리마루APEC하우스 앞에서 강아지 두 마리가 어슬렁거렸다. 버려진 듯 더러운 발바리와는 다르게 길고 부드러운 검정 털과 흰색 털이 섞인 강아지는 유기견 같지 않았다. 성철은 무시하고 걸었다. 강아지 두 마리가 졸래졸래 따라오자 정숙은 털이 긴 강아지에게 유독 눈길이 갔다. 유기견이라면 집으로 데려가 키우고 싶은 생각이 들면서도 발바리가 마음에 거슬렸다. 강아지 두 마리는 부부 뒤를 졸졸 끝없이 따라왔다.

정숙이 걸음을 멈추고 말했다.

- 여보, 애들 배고픈가 봐!

- 그래서 어떻게 하려고?

- 우리 집에 데려가 키우면 안 될까?

- 한 마리도 아니고 두 마리나...

- 그렇다고 발바리만 두고 갈 수는 없잖아.

- 당신이 알아서 해.

정숙은 망설이며 성철 뒤를 따르고 강아지들도 사라지지 않고 줄곧 두 사람을 따라왔다. 바다타워 정문에 서서 가라고 손짓해도 가지 않고 꼬리를 흔들었다. 성철이 다리에 힘을 주고 "빡!" 땅을 밟으며 강아지들을 위협해도 도망가지 않았다.

정숙이 안쓰러운 표정으로 말했다.

- 여보, 얘네들 키워보자!

- 뭐 그러든지...

노부부는 한번 키워보기로 마음먹었다. 강아지는 난생처음이라 고민도 되었지만 귀여운 모습에 반해 쉽게 강아지들을 버려두고 갈 수는 없었다. 결국 성철은 정숙의 부탁을 거절하지 못하고 집으로 데려왔다. 정숙이 강아지 두 마리를 안고 집으로 올라와 욕실로 데려가며 소리쳤다.

- 여보, 강아지들 밥 좀 사와요!

성철은 주섬주섬 다시 옷을 걸치고 개밥을 사러 마트로 가고 정숙은 혼자 강아지 두 마리를 목욕시키느라 진땀을 뺐다. 개밥을 사 들고 온 성철이 말쑥해진 강아지 두 마리를 보고 처음으로 미소 지었다. 황색 발바리도 멀쩡하고 털북숭이는 흰색과 검은색 털이 어울려 특별해 보였다. 성철도 싫지 않은 듯 밥그릇에 개밥을 담아주고 물도 따라주었다. 발바리는 며칠을 굶은 듯 거실 바닥에 개밥을 흩뜨리며 허겁지겁 먹어댔다. 털북숭이는 개밥에 입을 대지 않아 정숙이 목욕시킬 때 보았던 목걸이를 성철에게 보여줬다.

일본어를 조금 하는 성철이 개의 목걸이를 읽고 말했다.

- 여보, 얘는 일본 개인가 봐?

- 뭐라고 쓰여 있는데요?

- 후쿠시마, 시로시루.

- 그게 뭐야?

- 후쿠시마의 흑백.

- 여보, 후쿠시마에서 왔나?

- 아, 알았다. 시로시루가 우리말로 검정과 흰색이거든, 강아지 털색을 봐. 검은색과 흰색이잖아. 시로시루가 강아지 이름이네.

정숙이 이름을 불러보았다.

- 시로시루, 이리 와!

강아지가 알아듣고 꼬리를 흔들며 정숙에게 달려가 손을 핥았다. 시로시루에 반한 정숙이 흥분해 강아지를 껴안고 좋아 어쩔 줄 모르고, 발바리는 성철에게 달려들어 꼬리를 흔들며 안아달라고 깡충깡충 뛰어올랐다.

정숙이 빠른 말투로 떠들었다.

- 어머, 얘 진짜 일본 관광객이 버리고 갔나 봐. 아이고, 불쌍해! 어떡해!

- 잘됐네. 일본 사람들이 버리고 갔으면 찾을 일은 없겠네.

- 여보, 발바리는?

- 우리나라 사람들 관광지에 놀러 와서 개 버리고 가는 거 유명하잖아, 누군가 해운대에 버리고 갔겠지...

- 그럼 우리가 두 마리 다 키워도 되겠네?

- 그래야지, 이제 어떻게 하겠어...

- 여보, 그럼 우리 시로시루 일본 개밥 사러 가요. 우리나라 개밥은 입에 안 맞나 봐.

마트로 달려간 두 사람은 수입 개밥 코너에서 분주히 일본 개밥을 찾았다. 후쿠시마산 참치로 만든 일본 개밥 통조림이 진열장을 가득 채우고 있어 몇 개를 골라 샀다. 성철은 개밥 한 포대를 어깨에 메고 나왔다. 바다타워에 도착해 성철이 개밥 포대를 메고 현관문을 열고 들어가고 뒤따라 들어온 정숙이 쇼핑백의 개밥 통조림을 꺼냈다. 시로시루가 바람처럼 달려와 후쿠시마산 개밥 통조림 깡통을 보고 펄쩍펄쩍 뛰어오르며 빨리 달라고 난리 쳤다. 성철이 일본산 개밥 통조림을 따 개밥통에 부어주었다. 시로시루가 미친 듯이 개밥 통조림을 세 통이나 먹어 치웠다.

- 얘, 일본에서도 개밥 참치 통조림만 먹였나 봐. 진짜 잘 먹네!

- 일본에서 주인에게 사랑받고 자란 개가 맞네.

발바리와 시로시루 강아지는 배불리 먹고 늘어지게 잤다. 두 사람은 오랜만에 온종일 강아지들 뒤치다꺼리로 바쁘게 몸을 움직였다. 둘이 있으면 할 말이 없어 얼굴을 피했는데 강아지들 때문에 대화가 오가고 활기가 돌았다. 할 일 없이 바다나 바라보던 지루했던 생활이 강아지들 때문에 확 바뀐 것 같았다.

다음 날은 강아지들을 애견병원으로 데려가 발톱도 깎아주고 털도 미용해주고 예방주사도 맞혔다. 시로시루를 본 수의사는 일본 토종개 재패니즈친종이라고 친절히 설명해주며 일본 사람들 총애받는 개라고 했다. 보기 드문 강아지이므로 잘 키워보라고 당부했다.

정숙은 기분이 좋아 시로시루를 안고 애견병원의 철창에 갇혀 있는 수십 마리 개에게 모두 인사시켰다. 발바리도 애견 미용을 받고 예방주사도 맞혔다. 시로시루는 한국 개밥은 전혀 먹으려 하지 않아 마트에서 일본 후쿠시마산 참치 개밥 통조림을 가득 샀다. 성철은 비닐봉지를 양손에 들고 끙끙거리며 차 트렁크에 실으며 개밥 통조림이 생각보다 비싸 강아지들을 키워야 하는지 고민되었다. 정숙은 완전히 시로시루에게 마음을 빼앗겨 소녀가 된 것 같았다.

노부부는 강아지들을 한시도 가만두지 않고 데리고 놀며

손자 손녀를 보는 것같이 즐거워 저녁밥으로 참치 통조림을 잔뜩 주었다. 배가 빵빵하도록 개밥을 먹은 강아지들이 실실거실을 돌아다녀 잠자리를 찾는 줄 알았다. 그런데 시로시루가 거실 바닥에 구토하고 잠시 후에는 발바리도 거실 여기저기에 구토하며 비실거리더니 갑자기 사납게 달려들어 시로시루는 정숙의 발을 물고, 성철은 발바리에게 손가락을 물렸다.

이상하다 싶어 강아지들을 데리고 다시 애견병원으로 달려갔다, 수의사는 특별한 원인이 없으며 너무 많이 먹어 그런 거 같고 더 지켜보면 좋아질 것이라고 했다. 다시 집으로 데려온 강아지들은 엎드려 움직임이 없고 자는 듯 안 자는 듯 낑낑거리기만 했다. 정숙은 지쳤는지 정신 나간 사람처럼 중얼거리다가 목이 아프다며 방으로 들어가 잠들었다. 성철은 괜히 강아지들을 데려와 때아닌 생고생을 하나 싶어 후회되기 시작했다. 노부부는 여기저기서 역한 냄새를 풍기는 강아지들의 구토물을 치우고 피곤해 잠이 들었다. 한밤중에 성철의 핸드폰이 울렸다.

애견병원에서 걸려 온 전화였다.

- 여보세요?

- 김성철 선생님 댁이죠?

- 네, 그렇습니다.

- 혹시 강아지들 이상한 증상 없습니까?

- 구토하고 비실비실하더니 자는 듯 조용합니다.

- 선생님, 강아지들 잘 지켜보세요.

- 무슨 일 있습니까?

- 애견병원의 강아지들이 구토하고 비실거리다 집단 폐사했습니다.

- 왜요?

- 글쎄요. 개 전염병이 아닌가 의심스럽습니다.

- 어떻게 해야 하나요?

- 강아지들이 이상하면 방역 당국에 꼭 신고하셔야 합니다.

성철은 불길한 예감에 강아지들을 흔들어보았다. 배가 오르락내리락 거칠게 숨을 쉬며 시로시루와 발바리 모두 축 늘어져 기운이 없었다. 썩 기분 좋은 전화는 아니었다. 아내는 깊은 잠에 빠져 흔들어도 반응이 없었다. 성철도 새벽에 다시 잠이 들었다. 먼저 일어난 아내가 급하게 성철을 흔들어 깨웠다.

- 여보, 여보! 큰일 났어, 어서 일어나 봐요!

- 무슨 일인데?

- 강아지 두 마리 다 죽었는지 흔들어도 반응이 없어요.

성철은 벌떡 자리에서 일어나 개들이 죽은 것을 확인하고 애견병원에서 알려준 방역 당국에 전화를 걸었다. 곧바로 방역복을 입은 사람 대여섯이 들이닥쳐 시로시루와 발바리의 사체를 밀폐 용기에 담아 수거해갔다. 방역복을 입은 사람들은 아무런 설명도 없이 강아지들 사체만 수거해가 성철은 뭔가 심각한 일이 벌어지고 있다는 생각이 들어 꺼림칙했다.

정숙은 아침까지 몸이 호전되지 않고 목이 부어 아프고 말이 잘 안 나와 동네 의원에서 진찰받았다. 의사가 목을 들여다보고 조금 부어올랐다며 초기 몸살 증상이므로 쉬면 좋아질 것이라고 삼 일 치 약을 처방해주었다. 정숙은 때아닌 강아지 소동으로 이삼일 고생해 면역력이 떨어진 늙은 몸에 탈이 난 것으로 생각했다. 성철은 평소에 열심히 운동하고 건강관리 잘한 덕인지 멀쩡했다.

저녁 뉴스 시간에 속보도 나왔다.

"부산광역시 해운대구 애견병원에서 개의 전염병이 발생했습니다. 십여 마리가 집단 폐사해 원인을 검사 중이므로 애견 가정은 개 산책을 금하고 집밖으로 개를 데리고 나오면 안 됩니다. 동물위생시험소에서 검사 결과가 나올 때까지는 개와의 접촉을 자제하시기 바랍니다."

성철은 섬뜩했다. 애견병원에서 정숙이 시로시루를 안고 모든 개에게 들이대며 일본의 명견이라고 자랑한 것이 마음에 걸렸다. 애견병원에는 대략 삼십여 마리 개가 철창 안에 있었다. 늦은 밤에 노란 잠바를 입은 방역 당국 역학조사관 두 명이 바다타워 5501호로 찾아왔다. 노부부는 시로시루와 발바리를 데려온 과정을 숨김없이 자세히 설명했다. 역학조사관들은 두 사람이 말하는 대로 받아 적고 마지막에 사진 한 장을 꺼내 보여주었다.

시로시루의 사진이었다. 그들은 후쿠시마에서 온 일본인 관광객이 해운대에서 개를 잃어버렸으며 문제가 되는 것은 시로시루 사체에서 방사성물질이 다량 검출되었고, 세포를 분열시키는 바이러스가 폐사 원인이라 했다. 방역 당국은 바다타워를 즉시 폐쇄하고 방역했다. 동네 사람들은 무슨 일인가 싶어 건물 앞에 모여 노부부 집을 고개가 아프도록 올려다보며 밤새 웅성거리고 경찰차가 몇 번이나 사이렌을 울리고 왔다가 돌아갔다. 해운대 지역을 중심으로 방역차들이 총동원돼 부산 시내를 누비며 밤새도록 소독약을 뿌리고 다녔다.

다음 날 오전 열시, 보건복지부 장관이 직접 나와 부산의 개 전염병 발생 상황을 긴급히 발표했다.

"일본인 관광객이 부산 해운대에서 잃어버린 재패니즈친 종의 '시로시루'란 개의 사체에서 방사능이 다량 검출되었습니다. 2011년 3월 11일 일본 후쿠시마에서 발생한 진도 9.0의 대규모 지진으로 발생한 쓰나미가 후쿠시마원자력발전소를 강타해 방사능 누출 사고가 있었습니다. 일본 정부는 핵오염수를 십여 년간 대형 탱크에 저장하였으나 저장 한계에 다다르자 후쿠시마 원전 앞바다에 해저터널을 뚫어 일 년여 전부터 주변 국가와 일본 어부와 환경단체의 반대에도 불구하고 태평양에 무단 방류했습니다. 후쿠시마산 참치로 만든 개 사료 통조림을 먹고 자란 '시로시루' 일본 개가 검사 결과 방사능에 오염된 것으로 확인되었습니다. 일본 관광객이 잃어버린 시로시루를 발견한 노부부가 동물병원에서 치료하는 과정에서 수십 마리의 동물병원 개가 개 전염병으로 폐사했습니다. 지금까지 전 세계적으로 보고된 적이 없는 방사성물질에 의한 돌연변이 바이러스가 개들을 집단 폐사시킨 것으로 동물검역소에서 밝혀졌습니다. 일본 개 시로시루가 해운대 주변을 떠돌이 개와 함께 삼 일 이상 돌아다녔기 때문에 얼마나 많은 유기견이 개 전염병에 걸렸는지 정확히 파악하기는 어렵습니다. 보건복지부는 일본 후쿠시마의 방사능에 오염된 식품으로 인해 발생한 신종 바이러스를 Nuclear-81로 명명

뉴클리어-81

합니다. 어느 국가에서도 보고된 적이 없으므로 예의 주시하며 부산 지역 개들 방역에 최선을 다하고 있습니다. 또한 뉴클리어-81이 개에서 인간으로 전파 가능성이 있는지 파악하고 있습니다. 지금까지 파악한 뉴클리어-81 감염 증상은 구토입니다. 개의 구토물에 의해 개들이 감염되는 것으로 파악되었습니다. 애견인들의 각별한 주의가 필요한 시기입니다."

정숙은 보건복지부 장관의 발표를 듣고 알듯 말듯 쉽게 이해되지 않았다. 의학에는 조예가 깊었으나 방사능에 대한 이해는 부족했다. 성철이 자세히 설명해주었다.

- 방사능이란 불안정한 상태의 핵이 붕괴하며 전자기파나 입자의 형태로 에너지를 방출하는 물질의 성질을 말합니다. 방사능을 가진 물질을 방사성물질이라 부르고 방출되는 전자파나 입자가 방사선입니다. 천연방사능과 인공방사능이 존재하며 라듐, 우라늄, 토륨 따위 원소의 핵이 붕괴하면서 방사선을 방출합니다. 천연방사능은 자연에 존재하는 핵종으로 방사능을 가진 원소가 우주에서 처음으로 생성돼, 반감기가 짧은 것은 사라지고 반감기가 긴 것과 새로 생기는 자식 핵종이 발견됩니다. 천연방사성 핵종은 우라늄, 토륨, 악티늄 계열이 있습니다. 인공방사능은 안정된 물질이 특정 방사선에

19

노출되면 방사성물질로 변해 방사선을 방출하는 현상입니다. 즉, 천연 상태로 안정된 물질의 핵을 인공적으로 불안정하게 만들어 방사선을 방출하게 만드는 기술이 원자력 기술입니다. 인공방사능은 의료용, 산업용 용도로 암 치료나 비파괴검사 등에 이용되고 있지만 인공방사능은 핵분열을 통해 단기간에 생성되므로 누출 사고가 발생하면 인체와 생태계에 심각한 영향을 지속적으로 미칩니다. 원자력발전소는 핵반응기에서 우라늄 연쇄 핵분열 반응으로 생성된 중성자가 다량의 인공방사능을 생성하는데 후쿠시마 원전 사고처럼 대량의 방사능이 누출되면 핵연료의 분열 생성물이나 변환된 핵은 강한 방사선을 방출하고 반감기가 수만 년이나 되는 물질도 있어 누출된 방사능은 토양을 오염시키고, 바다를 오염시키고, 오염된 식물과 바다 생물을 먹은 동물은 체내에 방사성물질이 쌓여 오염되게 됩니다. 또한 핵연료의 우라늄-238이 중성자를 흡수하면 베타붕괴를 두 번 일으켜 플루토늄-239로 변환돼, 공기 중에 먼지 형태로 떠다니다가 호흡기로 들어가고 인체에 축적된 방사능은 세포를 분열시켜 인체의 기형과 암을 유발해 인간을 서서히 죽음으로 몰아가게 됩니다.

정숙은 들어도 이해하기 어려운 이야기라 멍하니 남편을 바라봤다. 방사능도 생소한 용어지만 남편이 설명하는 전문

용어는 좀처럼 이해할 수 없는 단어들이었다. 성철은 목이 말라 커피 두 잔을 타와 아내에게 건네고 커피를 서너 모금 마시고 다시 입을 열었다.

- 이해하기 쉽지 않지요?

- 전혀 이해할 수 없어 무슨 말인지 모르겠어요.

- 방사능은 순간적인 파장을 일으키는데 이것이 전리방사선입니다. 공간에서 이온화 파장을 막을 방법은 존재하지 않아 병원의 암 병동처럼 납으로 두껍게 감싸는 방법밖에 없고, 방사능에 오염된 식품이 몸 안으로 들어오면 방사선 파장이 세포의 변형을 일으키고 망가진 세포를 복원하려는 재생 대사가 일어나 변성된 세포를 생성하는 과정이 돌연변이입니다. 인체의 돌연변이 세포는 왕성하게 자라는데 대부분 암을 유발합니다.

정숙이 남편에게 질문했다.

- 그렇다면, 뉴클리어-81에 감염된 개의 구토물을 통해 개들이 감염된다는 말인가요?

- 당국에서 조사해 그렇다고 발표했습니다. 우리가 병원에서 X-선 일 회 촬영 시 약 0.1밀리시버트 방사선 영향을 받고 일 시버트는 사람이 신체적 변화를 감지하는 최소한의 방사선량입니다. 삼 시버트는 구토를 유발하고, 오 시버트의 사

망확률은 육십 퍼센트에 이르고, 십 시버트는 한 달 이내 사망률이 구십 퍼센트에 이릅니다. 오십 시버트에 노출되면 혼수상태에 빠지고 몇 시간 안에 사망합니다.

- 후쿠시마의 사고 원전 방사선량은 얼마였는데요?

- 후쿠시마 원전 사고 이후 원자력발전소에서는 시간당 사백 밀리시버트가 검출되었고 오염수 저장탱크의 누수에서도 시간당 백 밀리시버트가 검출되었습니다.

- 개 전염병이 사람에게 감염될 확률은 없을까요?

- 뉴클리어-81 바이러스가 직접 사람에게 전염이 될지는 연구 결과가 나와 봐야 알 것 같습니다. 세포가 계속 돌연변이를 일으킬 것이므로...

성철은 암담했다. 사람까지 감염된다면 뉴클리어-81을 막을 방법은 없어 보였다. 한참 얘기를 한 아내가 목이 아프다면서 의원에서 받아온 약을 입에 털어 넣고 물을 마시며 목을 만지작거리다 방으로 들어가 침대에 누웠다. 성철은 창문에서서 동해를 바라봤다. 끝없이 몰려오는 파도에 일본 후쿠시마원자력발전소에서 태평양에 방출한 오염수가 해운대로 흘러오는 것 같아 섬뜩했다.

성철은 참치를 좋아해 일본에 가면 꼭 찾아가는 참치 요리점이 있었다, 그 식당의 참치 명인은 오마항에서 잡은 참치를 최고로 인정해준다고 했다. 오마항은 홋카이도와 혼슈 사이의 쓰가루 해협 혼슈 끝에 있는 항구로 참치잡이로 유명한 항구였다. 일본 참치는 혼슈, 규슈, 시코쿠 일본 열도를 돌며 태평양과 동해를 회유하며 후쿠시마 앞 태평양에서 산란한다고 일본 참치 자랑을 여러 번 늘어놓았다. 그렇다면 후쿠시마 원전발전소에서 방류한 핵오염수에 오염된 후쿠시마의 토종 어종 우럭이나 광어 등 작은 생선을 일본 참치가 잡아먹는 먹이사슬로 오염된 참치 통조림을 사료로 먹은 일본 개들이 방사능에 오염되었다고 생각할 수밖에 없었다.

그뿐만이 아니었다. 태평양에서 가장 규모가 큰 구로시오해류는 필리핀에서 시작해 일본 연안을 따라 북상하다가 동쪽으로 흐르며 캐나다와 미국 서해안으로 흘러가 북적도해류와 만나 다시 필리핀 연안으로 환류한다. 후쿠시마 방사능 오염수가 구로시오해류에 섞여 태평양을 한 바퀴 돌며 플랑크톤에서부터 작은 생선, 참치, 상어, 고래의 먹이사슬에 따라 전 세계 바다가 후쿠시마 핵오염수의 방사능에 오염될 확률은 매우 높았다. 방사성물질은 반감기가 수만 년이 되는 것도 있어 성철은 끔찍한 생각에 고개를 흔들어 생각을 지웠다.

새벽에 눈을 뜬 성철은 아내가 자고 있어 커피포트에 물을 부어 버튼을 누르고 컵에 일회용 커피를 뜯어 쏟았다. 물이 끓으며 버튼 올라가는 소리가 들리고 달그락거려도 정숙은 잠에서 깨지 않았다. 평소와는 다른 모습에 컵에 물을 붓고 안방으로 들어가 자는 아내의 얼굴을 내려다보았다. 숨을 쉬며 목덜미가 오르락내리락 애벌레처럼 꿈틀거렸다. 성철은 커피잔을 들고 창문 앞에 서서 동해를 바라보다가 개 짖는 소리에 해운대 백사장으로 고개를 돌렸다.

인적 없는 새벽인데 차 한 대가 해운대 이벤트광장에 정차하더니 운전자가 내려 사방을 두리번거리며 차 뒷문을 열자 커다란 아키타 한 마리가 뛰어내렸다. 차 주인은 아키타를 해운대 백사장으로 데리고 내려가 산책시키는 듯했다. 그런데 아키타가 해운대를 뛰어다니며 정신이 팔린 사이 주인은 조용히 차에 올라타 시동을 걸고 사라졌다. 아키타는 백사장의 뭔가에 코를 킁킁거리며 정신이 팔려있었다. 잠시 후에 지프차가 나타나 종을 알 수 없는 누렁이 두 마리를 차에서 내려놓고 편의점에서 파는 소시지의 비닐을 벗겨 백사장 멀리 두 개를 던졌다. 누렁이들이 소시지를 향해 뛰어가자 주인은 차를 타고 그대로 사라졌다.

조금 뒤에 고급 승용차가 나타나 부부가 내리더니 흰색 진돗개 한 마리를 내려놓고 백사장으로 걸어가더니 테니스공을 힘껏 바다를 향해 던졌다. 진돗개는 주저 없이 바다로 뛰어들어 공을 향해 헤엄쳐갔다. 남편이 아내의 손을 잡고 차로 뛰어가고 아내는 차 앞에서 주저하며 헤엄쳐가는 진돗개를 바라보고 눈물을 흘렸다. 남편은 차 앞문을 열어 아내를 밀어넣고 급하게 차를 출발시켜 해운대역 방향으로 사라졌다. 바다에서 테니스공을 물고 온 진돗개는 주인이 차를 세웠던 자리로 돌아와 테니스공을 물고 그 자리에 앉아 꼼짝하지 않았다.

다시 경차 한 대가 나타나 뒷문을 열고 치와와 두 마리와 페키니즈 두 마리를 차 밖으로 집어던지고 차 문을 닫아버렸다. 차창이 내려가고 아이들이 개를 향해 손을 흔들었다. 치와와와 페키니즈가 차에 매달리자 경차가 출발해 달리고 강아지들이 차를 따라 달맞이고개 쪽으로 뛰었다. 차가 끝없이 해운대로 몰려왔다가 사라지고 해가 뜨면서 해운대 백사장을 개들이 가득 메우고 우글거렸다. 똥개부터 사나운 핏불과 셰퍼드, 시베리아허스키까지 종을 가리지 않고 해운대를 배회하며 거리를 활보했다. 개들은 사방에 구토하고 잡종들은 구토물을 핥아먹으며 어슬렁거렸다. 해운대에 나왔던 사람들은 개 천국이 된 해운대를 보고 겁에 질린 채 도망가기 바빴다.

아내가 눈을 뜨고 일어나 해운대를 내려다보고 깜짝 놀라 물었다.

- 무슨 개들이 저렇게 많아?

- 차에 싣고 와 주인들이 밤새 버리고 간 개들... 완전 개판이네.

- 뉴클리어-81에 전염된 개들인가?

- 사람들은 뉴클리어-81이 일본 개에서 시작되었고 개의 구토물이 개 전염병을 전파하는 오염물이라는 것을 알고 개를 내다 버리고 있어, 개에 물리면 사람도 감염돼 죽을까 봐...

- 왜 하필 해운대에 버리고 가?

- 송정, 다대포, 광안리는 다르겠어? 그래도 양심은 있어 해수욕장이나 공원 등 인적이 드문 곳에 버리는 거지.

- 정말 큰일이네.

- 아직 사람이 전염되었다는 뉴스는 없으니까 그나마 다행이지...

얼마 지나지 않아 방역차들이 나타나 해운대를 돌아다니며 소독약을 뿌리고 개들은 무리 지어 어디론가 숨거나 사라졌다. 해운대 백사장과 차도에는 죽은 개의 사체가 널려있고 사방은 개의 구토물 천지라 방역복을 입은 공무원들이 대거 몰려와 개의 사체를 청소차에 싣고 구토물을 쓸어 담았다. 소독하던 방역차가 사라지자 자취를 감췄던 개들이 하나둘 다시 나타나 배가 고픈지 구토물을 핥고 무리 지어 으르렁거리며 물어뜯고 싸웠다. 부산이 완전 개판이 된 상황에서 질병관리본부장 김진수의 발표가 속보로 방송되었다.

"개를 거리에 내다 버려서는 안 됩니다. 아직 사람이 뉴클리어-81에 전염되었다는 보고는 없습니다. 무작정 애완견을 유기하는 행위를 자제해주시기 바랍니다. 개를 버리면 동물학대죄로 처벌받을 수도 있습니다. 방역 당국이 개 전염병으로 죽은 개의 사체를 검안한 결과 뉴클리어-81에 감염된 개에서 방사성물질 아이오딘-131과 세슘-137이 대량 검출되었습니다. 개가 감염되면 구토 증상을 보이다가 목이 붓고 기도가 막혀 삼 일 안에 죽는 것으로 확인되었습니다. 아직 치료제가 없어서 치사율 백 퍼센트입니다. 최선의 예방책은 개를 데리고 외출하지 말고 집 안에 가둬두는 방법뿐입니다. 개의 구토 증상이 나타나면 즉시 방역 당국에 신고해주십시오. 개를 유기하면 뉴클리어-81이 급속히 확산될 우려가 있습니다. 부산에서 외부로 나가는 길은 모두 검문검색을 시행 중이며 부산 밖으로 어떤 개도 빠져나가지 못하도록 도로와 산, 하천에도 군인들이 철통같은 경계를 서고 있습니다."

정부도 어떤 상황인지 뉴클리어-81을 정확히 파악하지 못한 상태에서 전 세계는 한국의 상황을 신속히 보도했다. 뉴클리어-81이 어떤 전염병인지 전혀 정보가 없어 한국 정부의 발표에 의지할 수밖에 없었다.

　뉴스를 들은 정숙은 고개를 저으며 혼자 중얼거렸다.

　- 뉴클리어-81은 방사성물질 아이오딘-131과 세슘-137의 영향을 받아 생긴 돌연변이란 말인가!

　- 무슨 짐작 가는 생각이라도 있어요?

　- 개들이 구토하고, 목이 붓고, 기도가 막혀 질식사하는 것은 갑상샘에 이상이 생겼다는 말입니다.

　성철이 손으로 목을 만지며 말했다.

　- 나도 갑상샘암 치료할 때 방사성 아이오딘 치료받았잖아요?

　- 그게 말입니다. 당신은 갑상샘기능항진증이라 갑상샘 호르몬이 비정상적으로 많이 만들어져, 갑상샘 호르몬의 생산을 줄이는 치료를 받은 겁니다. 방사성 아이오딘은 암세포만 추적해 죽이는 치료법이지만 과다하게 노출되면 갑상샘의 정상 세포가 파괴돼 갑상샘기능저하증에 걸리면 얼굴과 몸이 붓고 여러 합병증이 발생합니다.

　- 그럼 뉴클리어-81에 걸린 개들이 갑상샘에 문제가 생겼

다는 말인가요?

- 내 생각은 그렇습니다. 아니 확실하다고 믿습니다.

- 정말이에요?

- 하지만 방사성 아이오딘 반감기가 팔 일인데 개들이 사흘 만에 죽는 것이 이상합니다.

- 음, 그건 개들은 보통 이십 킬로그램 정도 나가잖아요. 하지만 사람은 육십 킬로그램 이상 나갑니다. 몸무게의 차이만큼 개에게는 치명적일 수 있지 않을까요?

- 반감기가 팔 일이라면 뉴클리어-81 잠복기가 팔 일이 될 수 있다는 말입니다. 반감기는 방사능이 반으로 줄어드는 기간을 말합니다. 다시 말해 사람이 뉴클리어-81에 감염되어도 팔 일 이상 생존하면 살 수 있다는 말입니다.

부산 시내는 질병관리본부의 당부에도 불구하고 거리마다 사람은 안 보이고 개들만 득실거렸다. 부산 사람들이 그렇게 많은 개를 키우는지 상상도 못 했다. 약 삼백오십만 시민이 사는 부산에서 칠십여만 마리의 개가 버려져 시내를 떼 지어 돌아다니며 구토해댔다. 거리에 개 사체들이 쌓이면서 부산시 공무원이 총동원돼 죽은 개들을 청소차로 실어 날라 임시 매립장에 땅을 파고 묻었다. 하지만 살아서 돌아다니는 개들은 사납고 무서워 함부로 잡지 못했다. 개에게 물리면 뉴클리어-81에 걸린다는 소문이 돌면서 사람들은 집밖으로 나오려고 하지 않았다.

부산시는 개 살처분을 결정하고 시내를 돌아다니는 개를 잡아들일 계획을 세웠다. 도망 다니는 개를 잡기는 쉽지 않고 핏불이나 불도그 같은 사나운 종의 개에 물리는 사고도 수백 건이나 일어나 부산 시민들은 뉴클리어-81보다 개를 더 두려워했다. 그물을 이용해 개를 포획해 살처분하려고 하였으나 사납게 달려드는 미친개들을 잡지 못해 결국 총으로 사살하기로 했다.

경찰과 군대를 동원해 모든 개의 사살 작전에 돌입했다. 하지만 곳곳에서 동물보호단체 회원들이 들고일어나 데모하고 또 한편에서는 개보다 부산 시민이 먼저라는 단체들이 모여들어 동물보호단체 회원들과 충돌하는 사건이 시내 곳곳에서 벌어졌다.

부산 시내는 개를 사살하는 총소리가 난무하고 달려드는 개에 물려 부상한 시민과 경찰, 군인이 속출했다. 시민들도 스스로 보호하기 위해 몽둥이를 들고 다니며 눈에 보이는 개는 모두 패 죽이면서 마치 개와 사람의 전쟁 같았다. 경찰과 군인들의 오발 사고로 사람이 총알에 맞아 죽는 예기치 않은 사고가 발생하고 굶주리고 뉴클리어-81에 걸린 개들이 사람만 보면 좀비처럼 떼로 공격했다. 제대로 뛰지 못하는 노약자 수십 명이 개에 물려 사망하거나 부상했다.

부산시 공무차량이 시내를 돌아다니며 노인들은 집밖 출입을 삼가라고 가두방송을 하면서 전쟁이 일어난 듯 시내는 시끄럽고 어수선했다. 하지만 먹을거리를 구하려는 시민들이 차를 몰고 나와 차도를 배회하는 개들을 치고 질주하고 경찰과 군대가 출동하면 개들은 어디론가 사라졌다가 다시 나타나길 반복했다.

살처분 대상이 된 개를 키우는 가정은 자진 신고해 개를 방역 당국에 넘겼으나 숨기고 신고하지 않는 집도 있었다. 고양이는 어떻게 할 것인지 문의하는 시민들도 많았다. 구토하는 고양이는 한 마리도 보이지 않고 사체도 발견되지 않아 살처분 대상에서 제외되었다. 전염병 전문가들은 뉴클리어-81은 개에게만 전염되는 것으로 판단했다.

부산에서 개 살처분이 실행되는 동안 경계선을 뚫고 빠져나간 듯 김해와 양산 그리고 울산에서 구토하는 개들이 발견돼, 지자체별로 특별기동대를 편성해 거리를 돌아다니는 개는 무조건 사살했다. 경찰과 개 주인 간에 시비가 붙어 반항하는 개 주인은 벌금형에 처했다. 도망친 개들이 서쪽 지방으로 이동하고 북상하면서 뉴클리어-81이 확산되자 정부는 초

긴장했다.

성철과 정숙이 동백섬에서 일본 개 '시로시루'를 처음 발견한 지 일주일 만에 부산의 개는 자취를 감추고 숨어있다가 수시로 몰려나와 사람을 공격했다. 방역 당국에 신고하지 않고 개를 숨기는 집도 있었다. 개 짖는 소리를 들은 이웃이 신고하면 경찰이 출동해 옷장 안에서 발견하는 경우가 허다했다. 개 주인들은 자기 집 개는 구토하지 않았다고 강력하게 주장하며 경찰에 매달려 하소연하거나 울부짖었다. 개가 발견되면 마취시키고 청소차를 이용해 매립장으로 실어 날랐다.

텔레비전에서 속보 뉴스가 나왔다. 일본 후쿠시마의 젊은 여성이 부산 여행을 다녀온 후 뉴클리어-81에 감염되었다는 소식이었다. 개가 아닌 사람이 뉴클리어-81에 걸린 것은 놀라운 일로 부산 시민들을 공포에 떨게 했다. 일본 방송은 부산 여행을 다녀온 자국의 젊은 여인이 부산에서 뉴클리어-81에 감염되었다고 강조하며 부산을 뉴클리어-81 발생지로 지명했다.

정숙은 방송을 보며 여러 번 목을 만지고 주물렀다. 잔기침이 나고 열이 오르는 것 같아 성철이 체온계로 아내의 열을 재보았다. 삼십칠 도를 넘지는 않았다. 일본 여성이 뉴클리어-81에 감염되었다는 소식은 노부부를 초긴장시켰다.

저녁 뉴스 시간에 다시 속보가 나왔다. 뉴클리어-81 바이러스에 감염된 후쿠시마의 오야코라는 젊은 여인이 치료받다 사망했다는 속보였다. 일본 방송은 자세히 그녀의 증상과 치료 과정 그리고 사망 당시의 상황까지 방송했다.

"오야코는 후쿠시마호를 타고 부산을 2박 3일간 여행하였으며 부산에서 발생한 뉴클리어-81에 감염돼 일본으로 돌아와 심각한 구토 증상을 보였습니다. 병원에서 실시한 뉴클리어-81 검사에서 양성 반응을 보여 격리병실에서 치료받던 중 갑상샘이 부어오르며 기도가 막혀 사망했습니다. 부산을 여행하고 돌아온 일본인은 즉시 뉴클리어-81 검사를 받아야 합니다."

성철은 일본 방송 뉴스가 마음에 들지 않았다. 뉴클리어-81 발생지는 후쿠시마인데 부산에서 발생한 것처럼 떠드는 일본 뉴스를 그대로 내보내 화가 치밀었다. 뉴스가 끝나기 전에 해운대의 바다타워에 방역 당국의 차가 들이닥치고 하얀 방역복을 입은 대여섯 명의 공무원이 나타나 5501호로 몰려 올라갔다. 그리고 즉석에서 성철과 정숙의 뉴클리어-81 검사를 시행했다.

간호사가 의심스러운 눈초리로 질문했다.

- 두 분, 개에 물리지는 않았습니까?

성철이 손을 내밀며 대답했다.

- 나는 발바리에게 손가락을 물리고 아내는 시로시루에게 발을 물렸습니다.

검사 결과 성철은 음성으로 아내는 양성으로 판명돼 정숙은 즉시 병원으로 실려 가 격리병실에 입원했다. 정숙은 병원에서 코피가 나고 목이 부어올라 숨쉬기가 불편해 처방 약을 복용하며 집중 치료받았다. 부산시 보건소별로 실시한 뉴클리어-81 검사에서 양성반응자가 속출해 많은 감염자가 발생했다.

질병관리본부는 사람의 감염 경로를 긴급히 발표했다.

"뉴클리어-81에 감염된 개에 물리면 사람도 뉴클리어-81에 감염되는 것이 확인되었습니다. 사람이 개에 물리면 초기에는 구토 증상이 나타나고 시간이 지나면 코피가 쏟아지는 증상이 나타나고 있습니다. 뉴클리어-81에 감염된 개에 물리거나 개의 침으로도 감염되는 것으로 판명되었습니다. 국민 여러분, 개에 물리지 않도록 특별히 조심하고 개의 침에 접촉하지 않도록 개를 안거나 개와 입맞춤하거나 개가 핥도록 해서는 절대 안 됩니다. 정부는 뉴클리어-81에 대한 대책을 마련하고 있습니다."

성철은 아내가 뉴클리어-81에 감염되었다는 것이 믿기지
않았다. 정숙은 칠십칠 세의 나이로 초인적인 힘을 발휘하며
고통을 견뎠다. 의사들도 강인한 체력으로 이겨낼 것이라며
성철에게 희망을 주었다.

일본 후쿠시마에서는 감염된 개들이 속속 발견되면서 후쿠
시마를 중심으로 구토하는 개들을 사살하고 봉쇄 조처를 내
려 사람과 동물의 통행을 금지했다. 후쿠시마는 개에 물려 감
염된 사망자 수가 빠르게 늘어나 최초 사망자 오야코 이후 팔
일 만에 백여 명의 사망자가 발생했다. 일본은 후쿠시마 지역
에 개 살처분 명령을 내리고 보이는 즉시 총살해 매장하라는
행정 조치를 내렸다.

부산에서도 팔십팔 세 노인이 해운대구에서 뉴클리어-81
로 최초로 사망한 이후 사흘 만에 팔십 세 이상 노인 십여 명
이 사망했다. 특이한 것은 일본의 첫 사망자 오야코를 빼면
일본과 한국의 사망자 중 팔십 세(실버노인) 이하 사망자는
없었다. 구십을 바라보는 팔십 세 이상 노인들에게 치명적인
바이러스란 소문이 나면서 망구노인들이 공포에 떨었다.

중국은 가장 먼저 한국과 일본의 개 반입을 차단하고 전

세계 국가가 일본과 한국의 개 반입 전면 금지 조처를 내렸다. 세계보건기구(WHO)는 조사단을 부산에 파견해 뉴클리어-81 조사에 나섰다. 한국 정부는 뉴클리어-81 바이러스의 발생지는 부산이 아니라 일본이 최초 발생지라는 것을 증명해야 했다.

국가의 위상을 생각할 때 매우 중요한 문제로 세계보건기구가 바이러스 발생지로 부산을 지명한다면 일본에 손해배상을 당할지도 모르는 매우 심각한 상황이었다. 전 세계적으로 유행한다면 그 피해 보상액은 국가의 존립이 위태로울 수도 있었다. 대통령은 질병관리본부장 김진수에게 특별 지시를 내려 뉴클리어-81의 발생지가 일본이라는 것을 정확히 밝혀 세계보건기구에 알리도록 대책 마련을 지시했다.

일본은 무서운 속도로 바이러스가 전 열도로 퍼지고 사망자도 기하급수적으로 늘어나면서 사망자를 미처 처리하지 못해 시신이 거리에 방치되기 시작했다. 한국도 여러 시군에서 개의 구토물과 사체가 새롭게 발견되고 뉴클리어-81 감염자가 속출하면서 전 국민을 공포로 몰아넣었다. 한국과 일본의 사망자 공통점은 역시 망구노인들이었고 WHO는 사망자의 나이에 깊은 관심을 보였다.

정숙은 다행히 회복돼 완쾌 판정받아 집으로 돌아왔다. 성철은 아내의 기력 회복을 위해 함께 가까운 마트로 식료품을 사러 나갔다. 거리에는 방역복을 입은 사람들이 돌아다니며 개의 구토물을 청소하고 있었다. 바다타워에서 오십여 미터 거리의 마트까지 평소처럼 부부가 함께 걸어가 아내가 좋아하는 꽃등심을 사고 삼겹살과 싱싱한 고등어와 갈치, 채소와 과일도 사고 입이 자꾸 마른다는 아내를 위해 과자와 사탕도 몇 봉지 샀다. 그리고 캔맥주 한 팩을 사 비닐 쇼핑백에 나눠 담아 나란히 비닐 쇼핑백을 들고 이십여 미터를 걸어왔을 때 아키타 세 마리가 나타나 두 사람의 뒤를 졸졸 따라왔다. 겁에 질린 정숙이 뛰려고 종종거렸다. 노인의 몸은 팔다리가 마음대로 움직여지지 않아 속도를 내지 못했다.

성철이 아내를 보호하려고 뒤에서 종종걸음 쳤다. 개들은 덩치가 큰 성철을 피해 앞으로 달려가더니 정숙에게 달려들어 비닐 쇼핑백을 물고 늘어졌다. 개에게 물리면 안 된다고 생각하면서도 정숙이 안 빼앗기려고 버티자 한 마리가 정숙의 다리를 물어 넘어뜨렸다. 당황한 성철이 발로 덩치 큰 개를 힘껏 걷어찼다. 그래도 개는 도망가지 않고 악착같이 아내의 다리를 물고 늘어졌다.

한 마리는 쇼핑백을 물고 머리를 흔들어 대고, 또 한 마리는 정숙의 다리를 물고 온몸을 흔들며 발악하고, 한 마리는 성철 주위를 맴돌며 입을 벌리고 덤벼들려고 하였다. 성철이 으르렁거리는 개에게 쇼핑백을 내던지자 개가 물러났다. 성철은 정숙의 다리를 물고 있는 개의 머리통을 주먹으로 후려 갈겼다. 개는 입을 벌리지 않고 계속 물고 늘어졌다. 성철은 정숙이 들고 있던 쇼핑백으로 다리를 물고 있는 개를 내리쳤다. 캔맥주에 맞은 개가 물러났다. 성철은 마지막까지 남아있는 개를 발로 걷어찼다. 개가 성철의 발길을 피하며 빙빙 돌면서 으르렁거리며 덤비려고 짖어댔다. 정숙의 다리에서 피가 계속 흘러나왔다. 그러는 사이 물러났던 개들이 다시 돌아와 이빨을 드러내고 으르렁거리며 앞뒤로 움직였다. 성철이 두리번거리다 쓰레기로 버려진 책상 다리 하나를 주워 마구 휘둘러 내쫓자 개들은 쇼핑백에서 쏟아진 고기와 생선을 물고 도망쳤다. 성철은 구급차를 불러 응급실에서 정숙의 상처를 치료하고 두 사람 모두 뉴클리어-81 검사를 받았다. 다행히 음성으로 나왔다. 뉴스에서는 매시간 개 떼에 공격당한 사람들 뉴스가 방송되었다.

정숙은 개에 물린 상처를 보면서 화가 치밀었다.

- 도대체 일본 놈들은 핵오염수를 얼마나 많이 태평양에 방류한 겁니까?

성철은 쉽게 입을 열지 못하고 캔맥주 두 개를 냉장고에서 꺼내와 아내에게 하나 따주고 자기 것도 따서 한 모금 마시고 천천히 이야기를 시작했다.

- 그러니까 2011년 3월 11일 일본 후쿠시마에서 발생한 진도 9.0의 지진으로 발생한 쓰나미가 후쿠시마원자력발전소를 강타해 방사능 누출 사고가 있었잖아요.

- 벌써 십 년이 훌쩍 넘었군요?

- 네, 그때부터 일본 정부는 후쿠시마 원전 사고 핵연료가 녹아내린 3기의 원자로 폭발을 막으려고 핵연료의 열을 조절하기 위해 냉각수를 투입하고 있습니다. 그 냉각수와 원전의 지하수가 오염수 발생의 원인입니다. 일본은 원전 사고 시부터 십여 년 동안 핵오염수를 천여 개의 대형 철제 탱크에 저장하였으나 저장의 한계에 부딪히자 후쿠시마 핵오염수를 후쿠시마 태평양에 방류하기 시작했습니다.

- 방류한 오염수의 양이 얼마나 되는데요?

- 2011년 원전 사고 원년부터 2023년 8월까지 후쿠시마 원전의 천여 개 저장 탱크에 저장한 양이 원전 부지 내 총저장량 백삼십칠만 톤 한계에 이르자 태평양으로 방류했습니다.

- 그럼 그걸로 끝난 거 아닙니까?

- 아닙니다. 일본은 2050년까지 후쿠시마 원전의 완전 폐

로를 목적으로 더 많은 양의 냉각수를 투입해 핵연료 제거 작업을 진행하고 있습니다. 하지만 이건 어디까지나 일본의 발표이고, 우크라이나의 과학자들은 체르노빌 핵연료 제거에 백 년이 걸릴 것이라고 밝힌 바 있습니다. 후쿠시마 원전의 핵연료는 체르노빌 원전보다 두 배나 많습니다. 이론대로라면 후쿠시마의 핵연료 제거에는 백 년 이상 걸린다는 말입니다.

- 핵오염수 방류로 끝날 일이 아니군요?

- 오염수 방류는 시작에 불과합니다. 후쿠시마 원전은 핵연료의 폭발을 막기 위해 오늘도 냉각수 팔십 톤을 투입하고 지하수 백 톤이 오염수에 섞이므로 후쿠시마 원전은 매일 핵오염수 백팔십 톤이 발생하고 있습니다.

- 그럼, 매일 백팔십 톤의 오염수를 태평양으로 흘려보낸다는 말 아닙니까?

- 그렇지요. 일본이 2050년까지 핵연료의 제거를 위해 냉각수를 늘린다고 생각하면 적어도 매일 이백 톤의 오염수를 짧게는 삼십 년에서 길게는 백 년 이상 태평양에 방류해야 합니다.

- 그 오염수 톤수가 쉽게 계산이 안 되는데 어느 정도입니까?

- 주유소를 지나가다 보면 탱크로리를 본 적이 있을 겁니다. 그중 가장 큰 탱크로리가 이십오 톤입니다. 그러니까 일본이 매일 방류하는 핵오염수 이백 톤은 이십오 톤 탱크로리 여덟 대 분량의 오염수를 태평양에 방류하는 것입니다.

- 핵오염수가 위험한 이유는 뭡니까?

- 방사능 오염수에는 플루토늄, 우라늄 같은 고독성 핵종이 포함되어 있고 방사성물질 아이오딘, 삼중수소, 세슘, 스트론튬 등 인체에 해로운 물질 육십여 개가 포함되어 있습니다. 문제는 방사성물질을 엄청난 물로 농도를 낮춰도 소금처럼 바닷물에 희석되지 않고 방사성물질의 총량은 그대로 바다에 남는다는 것입니다. 또한 다핵종제거설비(ALPS)로도 삼중수소는 처리할 수 없고 이들 방사성물질은 생물체의 몸을 구성하는 기초 성분인 탄소, 수소와 유기적으로 결합해 생물체에 흡수되고 장기간 잔류하면서 유전적 돌연변이를 일으킵니다.

- 무서운 일이군요. 인류가 한 번도 겪어보지 못한 돌연변이들이 언제 나타날지 모른다는 말 아닙니까?

- 한마디로 오염수가 가져올 인류의 미래를 누구도 예측할 수 없다는 겁니다.

일본의 오염수 방류 일 년 만에 암담하고 참담한 일이 벌어지고 있었다. 잘못하다가는 인류의 멸망이라도 맞이할 것 같은 생각이 들었다. 뉴클리어-81에 감염된 개들이 도주하면서 경상도 지역 개들은 모두 살처분 대상이 되었다. 대구에서도 뉴클리어-81 감염자가 수십 명 발생했다는 뉴스를 듣고 노부부는 서울의 아들 집으로 피신할 준비를 하였다. 짐을 싸는 동안 광주광역시에서도 구토하는 개들을 수십 마리 사살하였다는 속보가 나왔다.

노부부는 승용차에 짐을 싣고 출발했다. 경부고속도로 입구에서 발열 검사받고 36.6도로 두 사람 모두 통과할 수 있었다. 37.5도 이상의 발열 증상이 있거나 목이 아픈 사람들은 보건소에서 뉴클리어-81 검사를 받아야 했다. 개는 부산을 빠져나갈 수 없었지만, 사람은 특별한 증상이 없으면 부산을 탈출하도록 허락했다. 노부부는 서울로 올라가는 경부고속도로로 진입했으나 주차장이나 다름없어 서울까지 24시간 걸린다고 라디오에서 떠들었다. 정숙은 차 안에서 다리의 상처를 스스로 소독하고 붕대를 갈았다.

정숙이 소독을 마치고 물었다.

- 여보, 그런데 개들은 왜 뒤에 있는 당신을 두고 나를 공격했을까?

- 개는 동물이잖아. 여자와 남자를 확실히 구별하거든. 여

자가 덩치도 작고 힘도 없는 것을 본능적으로 알기 때문에 당신을 공격한 거지.

- 하긴 개 떼가 남자를 공격했다는 소리는 못 들었네. 뉴스에서도 개는 어린이나 노인만 공격하고 아이들은 달리기를 잘해 도망가고 노인들은 도망도 못가 개 떼에 물려 죽었다는 뉴스만 나오잖아.

- 그래 남자보다는 여자, 아이들보다 노인들이 훨씬 공격받을 위험성이 커. 노인들은 넘어지면 개 떼에 물어뜯기고 피를 과하게 흘리면 사망하는 거지...

성철은 아내의 얼굴을 바라보며 입을 열었다.

- 나도 궁금한 것이 있는데.

- 말해 봐요.

- 당신하고 나하고 함께 일본 개 '시로시루'를 구출하고, 병원도 같이 데려가고, 함께 살았는데 왜 당신만 뉴클리어-81 바이러스에 감염되었을까?

- 나는 시로시루에게 물렸으니까 감염된 거지요.

- 나도 발바리에게 물렸는데요?

- 당신은 갑상샘암 수술하면서 양쪽 갑상샘을 모두 제거했잖아요. 갑상샘이 없으니까 바이러스에 감염되지 않았을 겁니다. 아이오딘은 갑상샘에 축적되는 성질이 있으므로 갑상

샘이 없는 당신은 방사성 아이오딘이 체내로 흡수되지 않고 모두 소변과 대변으로 배출되었을 거예요.

- 방사능에 노출되면 어떤 증상이 나타나지요?

- 아이오딘과 세슘에 인체가 오염되면 백혈구 기능이 약화되어, 면역력이 떨어지고, DNA 변형이 일어나 돌연변이 바이러스가 암을 일으키고 각종 합병증을 유발합니다.

- 아이오딘과 방사성 아이오딘-131은 어떻게 다른데요?

- 아이오딘은 갑상샘에 축적돼 갑상샘 호르몬을 생성하는 반면, 방사성 아이오딘-131은 갑상샘 암세포를 파괴하므로 갑상샘암 치료에 쓰이지만 동시에 정상 세포를 파괴하는 부작용도 있어, 아이오딘-131이 과다하게 갑상샘에 축적되면 갑상샘암이나 갑상샘 질환을 유발합니다.

- 당신은 뉴클리어-81 바이러스에 감염되고도 어떻게 쉽게 나을 수 있었지?

- 나는 적은 수치의 방사능에 노출되었고, 병원에서 아이오딘화칼륨 제제를 복용해 방사성 아이오딘이 갑상샘에 자리잡지 못했고, 아이오딘화칼륨 제재가 인체에서 배출을 도와 구십 퍼센트 이상 대소변으로 빠져나가 반감기 팔 일이 지나면서 인체에 남아있는 아이오딘이 정상 수치를 유지하고 있다고 생각하면 돼요.

- 아이오딘은 어느 정도 섭취해야 적정한데요?

- 성인은 하루 삼 밀리그램이 상한선이고, 다시마 이 그램을 섭취하면 아이오딘 3.5그램을 섭취하게 됩니다. 하지만 과다 섭취하면 아이오딘 알레르기를 일으킬 수도 있습니다.

- 아이오딘은 많이 섭취해도 걱정, 적게 섭취해도 걱정이네요.

- 지나치게 신경 쓸 필요는 없어요. 김, 미역, 다시마, 생선, 우유, 과일 등에 아이오딘 성분이 있으므로 우리나라는 삼면이 바다라 한국 사람은 일상생활에서 충분히 아이오딘을 섭취하고 있습니다.

- 의사 아내를 둔 덕에 뉴클리어-81이 창궐해도 든든하네...

고속도로는 서울까지 꽉 막힌 하수도처럼 쉽게 뚫리지 않아 이틀이 걸려 겨우 서울 강남의 아들 집 아파트에 도착했다. 하지만 며느리의 표정이 좋지 않았다. 아들과 며느리는 사십대 후반으로 중학생 아들과 초등학생 딸이 있었다. 며느리는 시아버지와 시어머니가 부산에서 올라왔다는 것이 마음에 걸린 듯 얼굴이 밝지 않고 아들은 며느리 눈치를 살피며 손주들이 인사를 마치자 바로 애들을 방으로 밀어 넣었다.

아들이 소파에 앉으며 말했다.

- 그러니까, 왜 부산으로 내려가셨어요?

성철은 화가 치밀어 한마디 뱉었다.

- 너희들이 결혼하면서 빼앗다시피 우리 아파트로 들어오고 우리는 전세 살다 노후를 보내려고 부산으로 내려갔다.

화를 참지 못하고 정숙이 주방을 향해 소리쳤다.

- 에미야!

주방에서 그릇을 달그락거리던 며느리가 앞치마에 손을 닦으며 나왔다.

- 너 여기 좀 앉아라.

- 어머니, 왜 그러세요?

- 너 우리가 너희 집에 온 것이 불만이냐?

- 어머니, 그런 거는 아니지만 애들도 있는데 뉴클리어-81이 발생한 부산에서 오셨잖아요. 아이들에게 전염될까 봐 걱정됩니다.

- 그래, 우리도 손자 손녀 소중하다. 곧 바이러스가 잠잠해질 거다. 그때까지만 아들 집에서 신세 좀 지자. 바이러스 사라지면 바로 부산으로 내려가마.

- 아버님 어머님, 준비한 반찬이 없습니다. 그래서 라면 끓였는데 괜찮지요?

성철이 소파에서 일어나며 말했다.

- 라면이라도 어서 먹자.

두 사람은 부산에서 서울까지 오면서 아무것도 먹지 못해 배고팠다. 아들이 식탁에 수저와 젓가락을 놓았다. 식탁에는 라면 두 그릇만 달랑 차려져 있었다. 성철이 김치를 찾았다. 아들이 냉장고를 뒤져 마트에서 산 김치 봉투를 들고 와 가위로 자르고 반찬 그릇에 쏟았다. 정숙은 중국산 김치가 아니라 다행이란 생각에 라면을 먹으며 김치도 한 조각씩 집어먹었다.

며느리는 거실로 나가고 아들이 말했다.

- 두 분 먼저 드세요. 저희는 나중에 아이들과 함께 먹을게요.

쓸쓸히 노인 둘이 라면을 먹고 나오자 거실에서 아들이 방으로 들어갔다. 정숙은 다시 주방으로 들어가 설거지를 마치고 나왔다. 남편은 텔레비전 뉴스를 시청하고 있었다.

성철이 리모컨을 들고 뉴스를 틀며 중얼거렸다.

- 아들놈도 우리와 함께 있기 싫은 모양이네.

- 그냥 두세요. 우리가 뉴클리어-81을 달고 왔을지도 모르잖아요. 조심하면 서로 좋지요.

뉴스는 미국에서도 뉴클리어-81 양성반응자가 나왔으며 비행기를 타고 온 일본인 관광객이 전파자라고 하였다. 유럽

프랑스에서도 최초의 뉴클리어-81 양성자가 나왔으며 역시 일본 비행기를 이용한 영국 비즈니스맨이었다. 중국에서도 한국 비행기를 타고 온 중국 여성이 뉴클리어-81 전파자라고 했다. 뉴클리어-81 바이러스는 전 세계로 빠르게 확산되는 추세를 보여 각국은 개와 사람의 이동을 전면 제한했다.

뉴스에서 뉴클리어-81 바이러스의 발생 조사 보고를 WHO 사무총장이 발표했다.

"부산에서 발생한 뉴클리어-81은 최초 발생지가 부산이 아니라 일본 후쿠시마원자력발전소 사고지 후쿠시마에서 생산한 수산물로 가공한 개 사료 참치 통조림을 먹고 자란 일본의 재피니즈친 개에 의해 최초로 발생하였다는 것이 명백히 밝혀졌습니다. WHO가 조사한 바에 의하면 후쿠시마 원전 사고 방사능 오염수에서 천 밀리시버트의 방사선량이 검출되었습니다. 일본이 오염수를 태평양에 방류하면서 핵오염수의 방사성물질에 노출된 물고기로 만든 개 사료 통조림을 섭취한 개들에 의해 뉴클리어-81이 발생하였고 감염된 개에 물리거나 개의 침을 통해 사람이 뉴클리어-81에 감염되면서 전세계로 빠르게 확산되고 있습니다. 세계보건기구 WHO는 일본 후쿠시마를 뉴클리어-81 최초 발생지로 선포합니다. 일본산 해산물 섭취와 일본산 수산물로 가공한 개 사료 통조림을 먹인 개와의 접촉을 삼가야 합니다."

WHO는 일본이 후쿠시마 오염수를 태평양에 방류하면서 일본인과 주변 국가에서 일본 생선의 소비를 꺼려 남아도는 수산물을 처리하기 위해 일본산 참치를 개 사료 통조림으로 가공해 판매하면서 돌연변이 바이러스가 발생했고 후쿠시마 지역의 개 수백 마리가 죽었으나 일본 정부가 의도적으로 은폐하고 수산물을 유통해 뉴클리어-81이 후쿠시마에서 최초로 발생했다는 조사 결과를 내놓았다. 앞으로 얼마나 큰 피해가 발생할지 예측하기 어려우나 뉴클리어-81에 의한 피해를 국가별로 조사해 국제사법재판소를 통하여 일본 정부에 손해 배상 청구를 할 것이라 하였다.

WHO 발표에 이어 한국질병관리본부장 김진수가 뉴클리어-81의 부산 발생 상황을 자세히 설명했다.

"뉴클리어-81은 일본 여성 오야코가 데려온 일본 개 '시로시루'가 후쿠시마에서 생산한 개 사료 참치 통조림을 먹고 이미 감염된 상태로 부산에 입항하였으며 오야코 역시 뉴클리어-81에 감염된 상태였습니다. 그녀는 일본으로 돌아가 방사성 아이오딘-131에 오염된 세포가 빠르게 분열하면서 말을 못 하는 증상이 나타났고 갑상샘이 부어올라 기도가 막혀 사망했습니다. 오야코의 발병 증세가 부산의 개들 폐사와 유사한 기도 막힘이었으나 일본 정부는 의도적으로 오야코의 증세를 숨기고 부산에서 감염돼 일본으로 돌아왔다고 발표했습니다. 한국 정부는 뉴클리어-81 사태가 종식되는 대로 피해 금액을 종합해 일본 정부에 피해배상을 요구할 것입니다."

한국질병관리본부장 김진수는 오야코가 해운대파출소에 '시로시루' 실종 신고를 하면서 제출한 오야코의 이름과 주소 그리고 오야코가 '시로시루'를 안고 찍은 사진을 공개했다. 뉴스는 일본 정부의 발표도 방송했다. 일본 후생성 장관이 작은 마스크를 쓰고 나왔다. 그는 턱이 이중으로 구겨진 전형적인 일본인 얼굴이었다.

"일본 방역 당국은 계속 원인을 조사 중이며 후쿠시마 참치를 가공해 생산한 개 사료 통조림을 검사한 결과 방사성 아이오딘-131과 세슘-137이 검출되었습니다. 또한 사망한 오야코의 시체를 부검한 결과 방사성 아이오딘과 세슘이 검출된 것은 사실입니다. 하지만 방역 당국은 신중히 처리하기 위해 후쿠시마 수산물과 뉴클리어-81이 직접적인 인과관계가 성립하는지 밝힐 것입니다."

뉴스가 끝나자 아이들이 방에서 나와 할아버지 할머니에게 다가왔다. 한번 안아보려는데 며느리가 안방에서 뛰쳐나와 아이들 손을 끌고 방으로 들어갔다. 노부부는 자리에서 일어서려다가 다시 주저앉아 안방을 쳐다보며 혀를 찼다. 서운한 마음이 쉽게 사라지지 않고 커피포트 물이 끓듯 속이 부글부글 끓었다. 성철과 정숙은 온 정성을 다해 아들을 금쪽같이 키웠다. 그러는 동안 자신들은 허망하게 늙고 아들이 낳은 손자 손녀가 자식보다 더 예뻤다. 몇 번 안아보지도 못하고 강남의 아파트를 아들에게 빼앗기고 부산으로 내려가 아는 사람 없이 온종일 바다만 바라보고 살았다. 손자 손녀들이 그리워 부산으로 한번 내려오라고 하면 대답만 하고 오지는 않았다. 참다못해 서울로 올라간다고 하면 아들이 말렸다. 사실은 손자 손녀보다 아들이 더 보고 싶어도 며느리의 허락 없이 무작정 올라갈 수는 없었다. 뉴클리어-81 덕에 아들과 손자 손녀 얼굴을 보겠다 싶었는데 며느리는 싹싹하지 않았다. 그때 노부부의 귀를 찌르며 안방에서 훈계하는 소리가 크게 들렸다.

- 너희 할아버지 할머니 곁에 가지 말라고 했어, 안 했어?

- 여보, 아버지 어머니 들으면 어쩌려고 그래. 목소리 좀 낮춰.

- 들으시라고 하세요.

- 목소리 낮추라고!

- 당신도 그래. 어머님 아버님이 우리 집으로 오신다고 했으면 못 오게 막았어야지. 그냥 두면 어떻게 하냐고! 아이들이 뉴클리어-81에 걸리면 당신 책임이야!

- 알았어, 알았다고. 제발 그만해. 다 들리겠어.

- 들으시라고 하는 소리야. 못 배우신 분들도 아니고 노인들이 생각이 없어. 당신 식구들은 다 생각이 짧아...

- 며칠 계시다 가실 거니까 좀 조용히 해.

- 언제 뉴클리어-81이 사라질 줄 알고...

- 아버지는 갑상샘이 없으니까 안심해.

- 어머니는 뉴클리어-81 바이러스에 걸리신 분이에요.

- 어머니는 치료받고 완치되었으니까 항체가 생겼을 것 아니야!

- 어머니는 항체가 생겨 안전한지 몰라도 당신과 나 그리고 우리 아이들은 무방비 상태예요.

- 아직 서울까지는 안 퍼졌잖아?

- 대구까지 퍼졌는데 아무리 정부에서 방역해도 전국으로 퍼지는 것은 시간문제라고요.

- 그래도 아직 서울은 안전해.

- 웃기지 마요. 개 구토물로 개들끼리 뉴클리어-81이 전파되고 개에 물리면 사람도 전염되고 개의 침으로도 사람에게 전파된다는 것을 당신이 누구보다 잘 알잖아요?

- 개에 물리거나 개 침을 직접 접촉하지 않으면 사람에게 전파되지는 않는다고.

- 어머니는 개에게 물렸다면서요?

- 하지만 어머니는 치료받고 완치 판정을 받았다고.

성철은 더 이상 아들과 며느리의 대화를 듣고 있을 수 없어 아내를 데리고 아파트를 내려와 단지 안 의자에 앉아 아파트의 불빛들을 바라보았다. 젊은 날에는 아파트 한 채 마련하려고 모든 청춘을 바쳤는데 늙어 남은 것은 아무것도 없었다. 망가진 몸과 연금이 전부였다. 연금으로 노부부 병원비 내고 집 관리비 내고 아들딸 결혼식 때 받은 축의금 갚으러 다니면 남는 돈이 없어 매달 아슬아슬한 생활의 연속이었다. 늙으면서 가장 두려운 것은 청첩장과 부고 문자였다.

정숙은 부산에서 치료받을 때도 울지 않더니 눈물을 흘리며 아들의 아파트를 서너 번이나 올려다봤다. 며느리와 아들의 큰소리가 몇 번 오가더니 조용해졌다. 노부부가 부산에서 올라온 것이 벌써 소문났는지 아파트 주민들이 두 사람을 보고 속닥거리며 지나갔다. 몇 사람이 더 지나가고 아들이 슬리퍼를 끌고 달려 내려와 호통을 쳤다.

- 아니, 왜 여기 앉아 계세요.

정숙이 인상을 쓰며 소리쳤다.

- 팔불출 같은 놈아! 시원해서 그런다.

- 어머니 아버지 여기 계신다고 경비실에 신고 들어갔어요.

- 왜? 우리가 죄라도 지었냐?

- 아니, 그런 것이 아니라 부산에서 올라온 노인 두 분이 벤치에 앉아있다고 어서 데리고 들어가라고요.

- 부산에서 왔으면 우리가 뉴클리어-81 숙주라도 되냐?

- 아파트 주민들이 불안하니까 그렇지요. 제발 우리 집으로 어서 올라가세요.

- 그럼 부산으로 우리 다시 내려간다.

- 부산은 이제 개만 통제하는 것이 아니라 사람의 이동도 통제하고 있습니다. 개에 물려 사망자가 속출하고 있다고요.

정숙이 일어나 엉덩이를 털며 눈살을 찌푸리고 말했다.

- 며느리에게 혼나기 전에 어서 올라갑시다.

엘리베이터에서 내려 아들이 현관 비밀번호를 누르고 현관문을 열었다. 며느리가 팔짱을 끼고 현관에 서 있다가 광어 눈을 하고 째려보고 안방으로 들어가며 문을 꽝 닫았다. 정숙이 한마디하려는 것을 성철이 팔을 붙잡으며 말렸다. 때아닌 뉴클리어-81이 발생해 늘그막에 아들, 며느리에게 구박받는 것이 서러웠지만 당장 갈 곳이 없었다. 거실에 조용히 앉아 텔레비전을 볼 수밖에 없었다. 내 집이 아들 집이 되고부터 손님처럼 낯설고 어색했다. 집에서 숨도 제대로 못 쉬는 아들을 보면 며느리 집이란 말이 더 어울렸다.

2

개 떼 공격

아들 가족은 방 안에서 나오지 않고 노부부는 거실에서 꼼짝할 수가 없었다. 텔레비전 뉴스를 보는 일 말고는 딱히 할 일이 없었다. 뉴스는 이미 대전과 수원에서도 구토하는 개들이 발견되었으며 서울로 전파되는 것은 시간문제라고 떠들었다. 개를 안고 뽀뽀하거나 개 침에 접촉한 사람들이 뉴클리어-81에 감염돼 사망자가 늘어났다. 우리 집 개는 안전하다는 사람들이 개를 안았다가 개가 얼굴을 핥는 바람에 감염된 사람이 많았다. 뉴클리어-81에 감염된 사망자는 병약자와 팔십 세 이상의 구십을 바라보는 망구노인들이 대부분이었다. 젊은 사람들은 뉴클리어-81에 감염되어도 기침과 발열 증상을 보이다가 팔 일이 지나면 회복되었다. 방역 당국은 절대 개의 침에 접촉하지 말고 물리지 않도록 조심할 것을 신신

당부했다. 전국에서 개 떼에 물린 사람들의 참혹한 뉴스가 모자이크 처리돼 나왔다. 노부부는 개 떼 공격 장면을 보고 몸서리치며 눈을 감았다. 개 떼가 나타나면 젊은 사람들은 모두 번개처럼 도망가고 뛰지 못하는 노인들만 남아 개 떼의 공격 목표가 되었다. 노인들이 넘어지면 서너 마리의 개들이 달려들어 물고 머리를 세차게 흔들어 살점을 뜯었다. 그나마 기운이 있는 실버노인들은 가방이나 옷을 벗어 휘저으며 개를 막아냈지만 망구노인들은 저항하지 못하고 개 떼에 목을 물려 과도한 피를 흘리고 그 자리에서 대부분 사망했다. 경찰차나 군인들이 나타나면 개 떼는 온데간데없고 처참한 노인들 시체만 으깨진 토마토처럼 살점이 찢기고 뜯겨 흩어져 있었다. 정숙이 차마 보지 못하고 얼굴을 돌려 성철이 텔레비전을 끄자 손녀 지혜가 방에서 이탈리아종 몰티즈를 안고 나왔다.

- 할아버지 할머니, 우리 강아지 산책시킬래요?

정숙이 먼저 대답했다.

- 아이고, 우리 손녀 강아지 산책시키려고?

- 네, 할머니 할아버지 함께 가요.

- 그러자꾸나.

노부부가 옷을 챙겨 입는데 안방 문이 덜컥 열리며 며느리가 뛰어나왔다. 그리고 곧바로 아들이 뛰어나와 며느리 입을 손으로 막고 끌고 들어갔다. 성철은 아직 서울까지는 뉴클리어-81에 감염된 개들이 올라오지 않았다고 생각했다. 뉴스에서도 서울에서 뉴클리어-81에 감염된 개들이 발견되었다는 소리는 없었다.

안방 문틈으로 며느리의 악쓰는 소리가 새어 나왔다.

- 지혜가 할아버지 할머니와 함께 다니면 어떻게 하냐고!

- 아버지 어머니는 안전하시다고! 걱정하지 마!

- 몸속에 뉴클리어-81 바이러스가 남아있을 수도 있잖아?

- 사람과 사람 간에는 전염이 안 된다니까. 걱정하지 말고 강아지 산책시키고 오시게 해드려.

두 사람은 아파트에만 갇혀 있는 것이 답답하고 미칠 것 같아 못 들은 척 손녀와 강아지를 데리고 아파트 단지로 내려갔다. 강아지는 팔팔하게 뛰며 목줄이 팽팽하게 앞서 나갔다. 노부부는 손녀와 강아지를 쫓아가려고 숨을 몰아쉬었다. 손녀가 강아지를 빠르게 따라가며 소리쳤다.

- 할아버지 할머니. 빨리 오세요.

- 지혜야, 지혜야! 천천히 가. 우리는 숨차다.

노부부는 손녀를 따라가려고 종종걸음을 쳤다. 지혜는 한강 고수부지까지 강아지를 끌고 나가 매일 산책하는 코스인지 자신 있게 걸어갔다. 작은 강아지가 손녀를 끌고 다녀 뛰다 걷다 하였다. 강아지가 똥이 마려운지 코를 땅에 박고 끙끙거리며 수풀 속으로 들어가려고 하자 손녀가 소리쳤다.

- 몰티즈, 안 돼!

목줄을 잡아당기자 강아지는 수풀 앞에 쭈그리고 앉아 똥을 싸기 시작했다. 그 틈에 노부부는 손녀에게 다가갔다. 막 숨을 돌리려는 순간 숲에서 도사견 두 마리가 뛰어나와 몰티즈를 단번에 물어 죽이고 손녀에게 달려들려고 하였다. 성철은 옷을 벗어 두 팔을 높이 올리고 발을 구르며 소리치고 도사견을 향해 달렸다. 도사견들이 성철을 보고 놀라 꼬리를 내리고 몸을 돌려 수풀 속으로 사라졌다.

정숙은 부들부들 떠는 손녀를 안고 진정시키고 성철은 죽은 강아지 목줄을 잡고 방역 당국에 신고했다. 한강공원에 나와 있던 시민들이 빠르게 짐을 챙겨 차를 타고 달아나기 시작했다. 반대로 방역 당국 차를 따라 카메라를 들고 그들에게 달려오는 기자들도 있었다.

방역 당국은 죽은 몰티즈를 수거하고 도사견의 생김새를 자세히 묻고 총을 든 경찰특공대가 출동해 도사견 수색에 나섰다. 손녀가 도사견에 물리지 않아 천만다행이었다. 금방 도사견보다 더 무서운 며느리가 차를 타고 나타나 노부부를 잡아먹을 듯 소리쳤다.

- 아버님 어머님 때문에 우리 지혜 죽일 뻔했어요.

- 그래, 우리가 잘못한 거 같구나.

- 어머님 아버님이 정말 크게 잘못하신 겁니다.

며느리는 할머니 품에서 울고 있는 손녀를 낚아채며 소리 쳤다.

- 어머님 아버님은 알아서 오세요.

며느리는 손녀만 태우고 그대로 가버렸다. 노부부는 사람들이 모두 사라진 한강 고수부지에 앉아 한강을 바라보았다. 정숙은 눈물이 펑펑 쏟아졌다. 가슴이 무너지고 심장이 터질 듯했다. 세상에 태어나 일흔일곱을 먹도록 처음 겪어보는 죽고 싶은 심정이었다. 결혼해 아들 낳고, 죽기 살기로 벌어 아끼고 알뜰하게 살며 잘 키운 아들은 내 아들이 아니라 며느리의 남편이었다. 그리고 악착같이 모아 마련한 아파트는 잘 키운 아들을 빼앗아 간 며느리의 집이었다. 노부부에게 남은 건 아무것도 없었다. 이러려고 평생을 아끼고 절약하며 살았나 후회가 막심했다. 젊었을 때 여행도 다니고 먹고 싶은 거 마음껏 먹고 해보고 싶은 것이나 원 없이 해볼 것을 멍청하고 미련하게 살았다는 생각에 눈물이 멈추지 않았다. 아들에게 쏟은 정성을 남편에게 쏟았다면 평생 사랑받고 살았을 것을 남편에게 미안하고 부끄러웠다.

정숙이 눈물을 닦고 한숨을 내쉬며 입을 열었다.

- 우리 이제 어쩌면 좋아요?

- 걱정하지 말아요. 어디 갈 곳이 있겠지...

- 부산 집으로도 못 가고 어디 요양원이라도 들어가야 하는 거 아니에요?

- 모텔이라도 들어가 며칠 지내며 생각해봐야지...

- 그런데 그 나이에 도사견에게 달려들 생각은 어떻게 했어요?

- 당신이 해운대에서 개에게 물렸을 때 아무리 두들겨 패도 쉽게 떨어지지 않고 악착같이 물고 늘어지는 것을 보고 '개에게 물리면 죽겠구나.' 생각이 들었지. 그래서 개를 연구해보니까 도망가면 개가 달려들고 몸을 크게 보이거나 큰 물건을 들고 쫓아가면 개가 도망간다는 것을 알았소.

- 나도 다음에는 개에게 안 물리려면 핸드백을 휘두르며 소리를 질러야겠어요.

- 동물들은 철저하게 약육강식의 법칙을 따르니까. 개보다 약해 보이면 공격당해요.

텅텅 빈 한강 고수부지 주차장으로 차 한 대가 들어오고 아들이 달려오더니 원망하기 시작했다. 왜 아이들을 데리고 나가 죽일 뻔하고 며느리를 화나게 했냐고 잡아먹을 듯이 따졌다. 성철이 하도 어이가 없어 아들의 뺨을 후려쳤다.

- 이 못난 놈아! 아버지 어머니 어디 안 다쳤냐고 먼저 물어보는 것이 순서지. 이놈아!

제정신이 돌아온 아들이 그제야 마지못해 물었다.

- 어디 개한테 물린 데는 없지요?

정숙이 버럭 소리쳤다.

- 없다. 이 팔불출 같은 놈아!

- 그러게, 왜 이런 시국에 개를 데리고 나가세요.

- 그래 할 말이 없다. 우리가 잘못했구나.

- 어서 집으로 가세요.

성철이 걱정스럽게 물었다.

- 며느리는 괜찮겠냐?

- 집사람이 화가 나서 그렇지 착한 사람입니다.

정숙이 입을 삐쭉이며 말했다.

- 너한테나 착하지, 우리에게는 악마와 같구나.

노부부는 아들 차를 타고 아파트로 돌아왔다. 소문이 퍼져 주민들이 두 노인을 뉴클리어-81에 걸린 미친개 바라보듯 했다. 소곤거리며 엘리베이터도 함께 타지 않았다. 현관에서는 며느리가 아들을 쥐 잡듯이 잡고 찬바람이 쌩하니 뒤돌아서 안방으로 들어가며 노부부의 심장이 덜컹하도록 꽝 소리 나게 문을 닫았다. 아들이 냉장고에 붙은 배달 음식 전화번호를 뒤적이다가 중국집에 전화해 짜장면과 탕수육을 시켰다. 안방으로 들어간 며느리는 끝내 얼굴을 내밀지 않았다. 짜장면 한 그릇씩 먹고 아들과 손자 손녀도 다시 방으로 들어가 나오지 않았다.

두 노인만 거실에서 텔레비전을 켜고 뉴스를 봤다. 개 전염병이 개들 간 공기 전파로 이루어진다고 급속히 소문이 퍼지면서 개를 버리는 사람들이 빠르게 늘어났다. 질병관리본부는 구토 증상을 보이는 개만 수거했다. 개 주인들은 키우던 개를 데려가라고 무작정 신고부터 했다. 정부에서 모든 개를 수거하지 못하면서 사람들은 급기야 한강에 개를 데리고 나와 버리기 시작했다. 순식간에 한강 고수부지로 차들이 몰려들어 개를 버리면서 한강공원이 개들로 바글거렸다. 심각한 것은 구토하는 개들이 빠르게 늘어나고 서로 물고 뜯으며 싸움을 벌여 서울도 정말 개판이 되었다. 사람들은 집밖으로 나오지도 못하고 도로에서는 차가 지나가면 개 수십 마리가 자동차를 쫓아다녔다.

서울에만 이백만 마리의 애완견이 있어 경기도까지 합하면 족히 오백만 마리는 되고 전국의 개를 합하면 천만 마리나 되었다. 긴박한 비상사태였다. 급작스럽게 벌어진 사태에 정부에서는 우왕좌왕하며 대책을 내놓지 못했다. 한강에서 몰티즈가 도사견에게 습격받았다는 뉴스가 나간 지 하루도 지나지 않아 전국에서 개들이 거리에 버려졌다.

정부는 경찰과 군대를 동원해 서울과 경기 그리고 전국으로 개 살처분 확대를 결정하고 작전에 돌입했다. 개들은 경찰과 군인이 나타나면 덤벼들다가 총소리가 나면 바로 도망가 자취를 감춰 구토물만 너저분하게 쌓여있었다. 경찰과 군인들은 코를 막고 오만상을 쓰며 개 구토물 썩는 냄새에 몸서리쳤다. 서울 거리는 총살당한 개의 사체가 널려 전쟁터와 다름없고 경찰과 군인들은 개에게 물리지 않으려고 중무장했다. 그래도 떼로 몰려드는 개를 막지 못해 물리는 사고가 빈번하게 일어났다. 경찰과 군인들이 서울 시내에서 개를 쫓는 추격전이 벌어지면서 개 떼가 아파트 단지로 몰려들어 사람을 공격했다.

전 세계로 수출된 일본산 개 사료 참치 통조림을 먹은 개들이 뉴클리어-81에 걸리면서 우리나라는 물론 지구촌의 개들이 거리에 버려져 사람과 전쟁을 치렀다. 어느 한 나라도 뉴클리어-81이 퍼지지 않은 국가가 없고 굶주린 개들이 편의점 등 먹거리를 파는 상점들을 습격해 약탈하는 사태까지 각국에서 벌어졌다. 개 떼는 쇼핑백을 들고 다니는 사람을 주

개 떼 공격

로 공격하고 빼앗은 쇼핑백에 수십 마리가 달려들어 먹을 것이 있으면 한 토막이라도 차지하려고 으르렁거렸다. 입에 물고 줄행랑을 치는 개를 개 떼가 쫓아다니면서 차츰 개들은 사납게 공격적으로 변하고 거리에서는 사람을 찾아보기 어려웠다. 강남대로는 개 사체들이 널려 파리 떼가 윙윙거리고 한낮에도 쥐들이 하수구에서 나와 개의 사체를 파먹었다. 길고양이들이 무리 지어 나타나 숨이 끊어지지 않은 개의 살을 파먹고 주둥이에서 빨간 피를 뚝뚝 흘리며 어슬렁어슬렁 강남대로를 활보했다.

서울시는 수백 대의 중장비를 동원해 페이로다로 강남대로의 개 사체를 밀고 가면서 모아, 덤프트럭에 실어 매립장으로 보냈다. 방역복을 입은 군인들이 인도나 좁은 도로의 개 사체를 대로로 끌어내고 중무장한 군인들이 그들을 엄호했다. 개를 사살하는 것보다 개 사체를 치우는 것이 더 큰 문제였다. 영리한 개들이 무리 지어 숨어다니며 더욱 사납게 사람을 습격해 팔다리가 자유롭지 못한 노인들이 먹을 것을 구하러 나왔다가 개 떼 공격으로 넘어지면 피 냄새를 맡은 굶주린 개들의 야성이 되살아나 잔인하게 공격했다.

서울은 개의 사체를 치우는 군인들과 수시로 나타나 사람을 공격하거나 편의점을 약탈하는 수십만 마리의 개 떼로 아수라장이 돼 생지옥이나 다름없었다. 개 떼의 공격으로 죽은 사람들의 시체를 보는 일이 가장 끔찍했다. 경기도의 한 요양원은 수백 마리의 개 떼가 습격하여 백여 명의 노인이 개에 물려 죽고 요양원의 직원 수십 명이 부상하는 참사가 일어났다.

정숙이 혀를 차며 물었다.

- 개의 공격을 막을 방법이 없나?

- 있는데 사람들이 모르는 거지.

- 어떻게 하면 개의 공격을 막을 수 있을까요?

- 개가 물려고 으르렁거리면 그 자리에서 움직이지 말고 눈은 개와 마주치지 않도록 땅을 바라보고 가방을 앞으로 하거나 가방이 없으면 천천히 윗옷을 벗어 돌돌 말아 앞으로 하고 뒷걸음으로 물러나야 합니다. 그래도 개가 물러서지 않으면 개가 입으로 물 수 있는 물건이나 신발을 벗어 멀리 던져 개의 시선을 돌리고 어느 정도 개와 거리가 멀어지면 돌을 집어던지고, 돌멩이가 없다면 집어던지는 시늉만 해도 개가 도망갑니다.

- 그래도 개가 덤비면요?

- 개가 가방이나 돌돌 말은 옷을 물도록 하고 소리질러 주변 사람들에게 도움을 청해야 합니다.

　　　　　　　　　　　　　　　　　　　개 떼 공격

- 그러다 개에 물리면요?

- 물린 다음에는 개에게서 빠져나오려고 발버둥치면 개는 안 놓치려고 더욱더 강하게 물고 머리를 흔들며 발악하므로 절대 넘어지지 않아야 하며 넘어지면 개는 본능적으로 목덜미를 물어 숨을 끊으려고 할 것이므로 양팔로 목을 감싸 목을 물리지 않도록 하고 손가락으로 개의 눈을 찌르거나 코를 주먹으로 치면 입을 벌리고 물러납니다.

- 요즘 같은 경우는 미리 개 쫓는 무기를 준비하면 좋겠는데요?

- 후추 스프레이나 레몬즙 스프레이를 개 주둥이에 뿌리면 도망칩니다. 그리고 개와 맞닥트리면 한 손에는 가방 등 개가 물을 수 있는 것을 다른 손에는 핸드폰을 들고 있다 개가 덤벼들면 가방이나 다른 물건을 물게 한 다음 핸드폰으로 개의 눈이나 코를 찍으면 개가 물러날 겁니다.

- 노인들도 알아두면 좋겠네요.

- 실버노인들은 그래도 저항할 수 있는데, 망구노인들은 겁에 질리고 개의 힘에 밀려 넘어지게 되므로 목덜미를 물려 사망자가 늘어나고 있어요.

- 이젠 개까지 노인들을 무시하는군요.

- 동물 세계는 약육강식의 세상입니다.

- 우리 인간들도 그럴까요?

- 인간들도 개 떼처럼 최악의 상황에 부닥치면 동물의 본능이 나타날 겁니다.

- 그래도 인간은 교육받은 도덕적 동물인데 개들처럼 행동하겠어요?

- 인간도 당장 먹을 것이 없고 생명의 위협을 받는다면 개들보다 더 지능적으로 본능을 드러낼 겁니다.

- 사람이 사람을 죽이는 세상이 온다면 정말 끔찍하겠네요.

- 인류는 오십 년 이상 큰 전쟁을 하지 않은 시대가 없었습니다. 서로 살기 위해서는 세대 간 전쟁도 불사할 겁니다.

강남대로는 온종일 총소리가 들렸다. 개들은 짖지 않았다. 수십만 마리의 개들이 돌아다녀도 개 짖는 소리가 들리지 않는 것은 개들이 방사성 아이오딘에 감염돼 목이 부어 짖어도 소리가 나오지 않는 탓이었다. 동물보호단체 회원들은 개 떼가 나타나면 경찰이나 군인들을 막아서며 총살을 저지하다 오히려 개에 물려 뉴클리어-81에 감염되는 사고가 발생했다. 서울에서도 일부 애견인들이 집에 개를 숨기고 있다가 신고 받고 출동한 경찰이 개를 독살하는 것을 지켜보며 울부짖었다. 개가 뉴클리어-81에 걸린 것을 모르고 개와 놀다 사납게

　　　　　　　　　　　　　　　개 떼 공격

돌변한 개에 물리거나 개 침에 접촉해 뉴클리어-81에 가족 전체가 감염된 경우도 허다했다. 특히 고층 아파트 입주민들은 자기 집 애완견은 다른 개와 접촉하지 않아 안전하다고 굳게 믿고 있다가 뉴클리어-81에 감염되었다. 일본산 개 사료 참치 통조림은 광범위하게 퍼져 뉴클리어-81 감염의 주원인이었다.

전 세계 국가가 뉴클리어-81에 감염된 개 떼로 비상사태를 선포하고 개 살처분 작전을 실행하면서 모든 국가는 일본에 후쿠시마 원전 사고 이후의 정확한 방사능 측정 수치를 발표하라고 강력히 요구했다. 일본 정부는 국제 원자력 사고 최대 8등급 중 후쿠시마는 7등급으로 체르노빌 사고와 비슷하지만, 방사능 국제기준치인 연간 1밀리시버트보다 일본 기준치를 스무 배 올려 상향 조정하고 연간 20밀리시버트에 합당하므로 안전하다고 원숭이처럼 흉내 내는 발표만 반복했다.

노부부는 일본 정부의 발표를 듣고 화가 치밀고 서울로 피신 와 제대로 잠을 못 자면서 피로가 쌓여 거실에 이불을 펴고 일찍 잠자리에 들었다. 성철은 잠이 오지 않았다. 방사능에 대해 누구보다 잘 알고 있었지만, 노트북을 켜고 방사능을 검색하고 다시 한번 정리했다.

방사능은 방사성물질이 방사선을 내는 강도 또는 능력을 말하며 방사능오염은 동식물이나 고체, 액체, 기체의 내부나 표면에 축적되는 것을 말한다. 방사선은 에너지가 높은 물질이 안정된 상태를 유지하기 위해 방출하는 에너지로 우라늄, 플루토늄 등 원자량이 큰 원소의 핵이 무너지며 방출하는 전자기파 알파선, 베타선, 감마선이 있다. 알파선은 플루토늄, 라듐, 우라늄 등에서 방출되지만 종이 한 장도 통과하지 못해 파괴력이 가장 약하다. 하지만 방사선 위험도가 높아 인체에 흡입되면 지속해 내부 피폭되어 위험하다. 베타선은 알파선보다 덜 위험하나 피부를 통과하며 피부조직에 피해를 줄 수 있다. 하지만 방호복과 마스크만 써도 피해를 막을 수 있다. 감마선은 투과력이 가장 좋아 밀도가 높은 납이나 콘크리트 벽을 일 미터 이상 두껍게 벽을 쌓아야 피해를 막을 수 있다. 방사선 수치를 측정하는 단위는 Bq(베크렐)과 Sv(시버트)가 사용된다. 베크렐은 방사능의 세기를 측정하는 단위로 시간당 1베크렐은 1초에 하나의 핵이 붕괴하는 것을 말한다. 즉, 베크렐 수치가 높다는 것은 방사성물질이 방사선을 많이 방출한다는 의미이다. 시버트는 인체가 받는 방사선의 영향을 표시하는 단위로 방사선이 인체에 주는 피해를 수치화한 값이다. 베크렐은 알파선, 감마선, 베타선 구분 없이 방사성

　　　　　　　　　　　　　　　　개 떼 공격

물질의 많고 적음을 측정할 때 사용하고 인체가 받는 방사선량을 측정하는 시버트는 대부분의 차폐 물질을 통과하는 감마선만 측정한다. 방사선의 안전기준치는 자연방사선을 제외하고 일반인은 연간 1밀리시버트가 허용치이다. 하지만 한국의 자연방사선 평균량은 연간 3밀리시버트이다. X-선 일 회 촬영 시 최대 0.6밀리시버트에 노출되고 방사선 위험도는 오래 지속적으로 노출될 때 오염된다. 방사능의 세기를 나타내는 베크렐은 음식에 포함된 방사성물질 세슘이 있는지 알아보는 단위이다. 우리나라의 음식 세슘 방사능 검출기준치는 1킬로그램당 백 베크렐로 세계에서 가장 엄격한 기준을 사용한다. 암 발생은 기준허용치 연간 1밀리시버트를 백 배 초과한 백 밀리시버트 이상 피폭되면 암 발병률이 증가하는 것으로 본다. 방사선 관련 종사자는 일반인의 오십 배인 연간 오십 밀리시버트를 권고기준치로 한다. 지속해 오랫동안 방사능에 노출되는 방사선 관련 직업인들은 항상 위험에 노출되어 있으므로 특히 조심하여야 한다. 일본의 후쿠시마 원전 사고 근처 지역에서 생산한 시금치는 이십육 베크렐에 오염된 것이 확인된 바 있으며 원전 오염수를 흘려보낸 후쿠시마 지역 근해에서 잡은 고등어에서는 십오 베크렐에 오염된 것을 일본 시민단체가 측정하여 발표한 바 있다. 방사능에 오염된 식품을 섭취해 인체에 내부 피폭되면 세슘이 인체에 축적되고 DNA를 변형시켜 암이 발생하고 사망에 이르게 된다. 일본이 태평양으로 방수한 핵오염수는 사오 년 해류를 따라 태평양을 흐르다 다시 일본으로 돌아온다. 그동안 세슘에 오염될 바다를 생각하면 인류의 미래가 어떻게 변할지 아무도 예상할 수 없다. 방사성 스트론튬은 유효반감기가 이십구 년으로 후쿠시마 원전 오염수를 방류하면 해류를 타고 동중국해를 거쳐 동해로 유입되는 데 약 일 년이 걸리는 것으로 조사되었다. 후쿠시마 원전 오염수의 스트론튬-90은 방사성물질이 기준치의 이만 배를 넘는다. 스트론튬은 뼈에 축적되어 내부 피폭되므로 음식물 섭취로 인체에 들어온 스트론튬은 이십구 년이 지나야 대소변이나 땀으로 배출돼 반으로 줄어든다. 즉, 방사성물질에 오염된 음식을 통해 인체로 들어온 스트론튬은 뼈에 달라붙어 반감기 이십구 년 동안 인체 세포가 방사선에 노출된 총량을 계산하면 내부 피폭 방사선량이 된다. 그동안 인체에서 일어날 DNA의 변형으로 만들어질 돌연변이 세포의 피해는 누구도 상상할 수 없다. 그러나 우리는 1986년 체르노빌 원자력 사고로 방사능에 따른 돌연변이들이 나타나면서 앞으로 일어날 일을 짐작할 수 있다. 체르노빌 인근의 강에서 보통 삼사십 센티미터로 자라는 메기가 이삼

미터까지 자라 괴물 메기로 발견되고 일 미터가 넘는 뱀보다 큰 지렁이 등 매우 다양한 기형적 형태를 보이는 해바라기, 손가락처럼 달린 가지 등 모든 동물과 식물에서 유전자가 변형된 돌연변이가 발견되고 있다. 인간도 예외가 아니어서 앞으로 어떤 기형아와 기형의 동식물이 발견될지 예측할 수 없다.

성철은 다시 한번 방사능오염이 얼마나 무서운 것인지 확인하고 너무나 끔찍하고 두려웠다. 방사능에 오염된 일본산 수산물을 사람들이 섭취한다면 언제든 나타날 방사능오염은 상상하기 무서운 피해였다. 하지만 일본의 수산물은 가공돼 전 세계로 여전히 싼값에 팔려나가고 일본산 수산물의 원산지를 속이며 거래돼 알게 모르게 식탁에 올라왔다. 심지어 후쿠시마에서는 몸통이 휘어진 참치, 머리가 끔찍하게 변한 기형 참치까지 버젓이 팔리고 있었다. 인터넷에는 방사능에 오염된 후쿠시마의 기형 농수산물 사진이 수없이 올라와 구토가 나올 지경이었다.

잠든 아내의 얼굴을 보며 머리를 쓰다듬자 정숙이 눈을 비비며 눈을 떴다. 성철은 정숙의 눈을 보고 깜짝 놀랐다. 실핏줄이 터진 듯 눈이 빨갛게 충혈돼 있었다. 그런데 정숙이 더 놀라며 성철의 눈을 바라보며 물었다.

- 당신 눈이 왜 그래?

- 왜?

- 충혈되었는데.

- 무슨 소리야?

성철은 화장실로 가 거울을 보고도 믿지 못했다. 눈병이 도진 것처럼 실핏줄이 빨갛게 보이고 정숙보다 눈이 더 빨갰다. 성철은 눈을 비볐다. 통증은 없었다. 며칠 잠을 못 자 피곤해 충혈되었나 생각하고 찬물로 세수하고 거실로 돌아온 성철이 수건으로 얼굴을 거칠게 닦으며 중얼거렸다.

- 여보, 우리 피곤해서 눈이 충혈되었나 봐!

- 그래요. 잠자리도 바뀌고 여러 가지 신경 써서 그런 것 같네요. 어서 잡시다. 푹 자면 좋아지겠지요.

정숙이 눈을 감자 성철은 자리에 누워 이불을 잡아당겨 머리까지 덮고 두 사람은 깊은 잠에 빠졌다. 며느리 배연희는 안방에서 나오기 싫어 잠에 깨서도 눈을 감고 아침 늦게까지 누워있었다. 아들 김정훈은 아내와 부모님이 부딪치는 것을 보고 싶지 않아 잠은 깼어도 침대에서 시체처럼 가만히 있었다. 노부부는 새벽에 잠이 들어 해가 뜬지도 모르고, 아이들은 일어났는지 자는지 두 방 모두 조용하기만 했다. 며느리는 침대에서 핸드폰을 보고 시간을 확인했다. 오전 열시가 넘은 시간이라 아침밥을 준비하려고 주방으로 나가 달그락거렸다. 그릇 부딪치는 소리를 듣고 정숙이 먼저 눈을 뜨고 성철을 흔들어 깨웠다.

- 여보, 일어나요. 며느리 일어나 아침 준비 하나 봅니다.

성철은 눈을 비비며 일어나 말했다.

- 우리가 거실에서 자고 있으니 며느리가 불편하겠구먼...

정숙과 성철은 서로 눈이 마주치자 기겁하고 소리쳤다.

- 여보, 당신 눈이 왜 그래요?

- 당신 눈은 왜 그러는데?

정숙은 실핏줄이 붉게 거미줄처럼 선명하게 드러나고 흰자위가 오래된 생선 눈처럼 빨갛게 변한 성철의 눈을 보고 놀라 소리치고, 성철은 핏물이 흘러내릴 듯 고인 정숙의 새빨간 눈을 보고 비명을 질렀다. 주방에서 며느리가 뛰어나와 두 사람의 눈을 보고 두 손으로 입과 코를 가리며 남편을 불렀다.

- 여보! 여보...!

정훈은 아내 연희의 외침에 놀라 벌떡 일어나 거실로 뛰어나갔다. 그는 두 분의 눈을 보고 다급히 물었다.

- 왜, 왜 그러세요?

- 글쎄, 우리도 모르겠다.

- 왜 눈이 빨갛게 충혈되었는지 모르신다고요?

- 그래 어제저녁부터 충혈되더니 이렇게 심해졌구나.

연희가 두 손으로 입을 가린 채 다급하게 물었다.

- 어머니 아버지, 뉴클리어-81에 감염된 거 아니세요?

- 부산에서 치료받고 완치 판정을 받아 서울로 올라왔다.

연희가 뭔가 생각난 듯 정훈에게 말했다.

- 뉴클리어-81 바이러스는 방사성 아이오딘-131만 있는 것이 아니라 세슘-137과 스트론튬-90도 검출되었다고 했어요.

- 그럼 두 분이 다른 무엇에 오염되었다는 거요?

- 세슘에 피폭되면 눈이 충혈되고 심하면 실명까지 된다고 들었는데 어떡해!

- 두 분이 세슘에 오염되었다는 말이야?

- 여보, 그런 거 같아요.

그때 아이들 방문이 열리며 아들 지우와 딸 지혜가 거실로 나왔다. 정훈이 아이들 앞을 막아서고 기겁한 연희는 빠르게 뛰어가 아이들 눈을 손으로 가리고 소리쳤다.

- 얘들아, 빨리 방으로 들어가! 어서 들어가라고!

- 엄마, 왜 그래?

- 지우야, 할아버지 할머니가 뉴클리어-81에 감염되었어.

개 떼 공격

- 아빠, 정말이야?

- 지혜야, 아니야. 할아버지 할머니가 눈이 충혈된 것뿐이야.

- 당신 눈으로 보고도 그런 거짓말이 나와요?

정훈은 두 분의 눈을 자세히 들여다봤다. 마치 복분자주가 눈에 가득 찬 듯 눈자위와 눈꺼풀을 따라 검은 눈동자만 빼고 빨갛게 물들어 있어 상태가 보통 심각한 것이 아니었다. 금방이라도 눈알이 터질 듯 마그마가 이글거리는 폭발 직전의 활화산과 같았다.

정신이 나간 듯한 정훈의 등을 밀며 연희가 소리쳤다.

- 당신, 뭐 해? 당장 두 분 모시고 보건소에 안 가고?

- 설마, 우리 부모님이 뉴클리어-81에 걸렸겠어?

- 설마가 가족 다 죽일지 몰라요. 어서 보건소로 모시고 가요.

안방으로 들어갔다 나온 연희가 정훈에게 자동차 열쇠를 던지며 말했다.

- 어서 가요.

연희는 시어머니와 시아버지의 눈을 피하며 옷을 집어서 주고 등을 떠밀어 현관 밖으로 내쫓았다. 정훈은 반바지 차림으로 서둘러 나가 엘리베이터를 잡고 소리쳤다.

- 어머니 아버지, 어서 나오세요. 빨리 엘리베이터 타세요. 어서요, 어서!

노부부는 아들의 외침에 놀라 종종걸음을 쳤다. 연희는 두 분이 나감과 동시에 현관문을 닫고 팔짱 끼고 거실을 빙빙 돌며 초조해 어찌할 바를 몰랐다. 아이들이 방문을 살짝 열고 내다보며 엄마의 행동에 고개를 저었다. 연희는 손가락을 물어뜯으며 생각하다가 핸드폰으로 세슘-137을 검색했다. 방사성 세슘에 노출되면 눈이 충혈되는 증상이 초기에 나타난다고 하였다. 시부모가 분명 세슘에 오염된 것이 확실해 보여 연희는 양손으로 머리를 감쌌다. 아이들과 남편 그리고 자기까지 온 가족이 바이러스에 감염되지 않았을까 덜컥 겁이 났다.

성철은 보건소로 가는 길에 개는 한 마리도 보지 못했다. 개란 개는 싹 총살된 듯했다. 보건소에 도착해서는 눈을 의심하지 않을 수 없었다. 개에 물려 뉴클리어-81에 감염된 사람들이 방사성 아이오딘에 감염돼 아이오딘화칼륨 제재 약을 받으려고 길게 줄을 서 있었다. 줄은 보건소 건물을 한 바퀴 돌고도 끝이 없고 모두 하나같이 마스크를 쓰고 두 손으로 목을 감싼 노인들이었다. 망구노인들은 기력이 없어 기침 소리가 성대를 제거한 강아지처럼 낮고 작았다. 정숙은 이미 경험

해본 일이라 나이 많은 노인들을 안쓰럽게 바라봤다. 간간이 젊은 사람과 아이들이 보였지만 체력이 약한 환자들이었다.

정훈은 부모님의 증세를 설명하고 방사성 아이오딘은 치료받아 완치되었다고 말했다. 보건소 간호사가 기록하더니 의사에게 다녀와 부모님을 다른 치료소로 데리고 갔다. 그곳에는 늙은 의사 혼자 자리를 지키고 있다가 노부부의 눈을 보고 꺼림칙한 눈빛으로 맞이했다. 방호복을 입은 의사와 간호사는 심각한 표정으로 문진했다. 정훈은 보건소에서 급히 간호사가 지급한 방호복을 입고 창문으로 보건소 안을 들여다봤다.

성철은 갑상샘이 없고 정숙은 아이오딘 제재 치료받아 완치되었다고 대답하자 의사는 눈을 까고 살피더니 피를 뽑고 코에서 검체를 채취하고 집으로 돌아가 검사 결과를 기다리라고 하였다. 검사 결과는 24시간 이상 걸릴 것이라고 간호사가 알려주고 그동안 자가격리하도록 당부했다. 눈의 충혈 증상을 보인 환자는 처음이라며 단순 결막염인지 뉴클리어-81 바이러스와 연관이 있는지 검사할 예정이라 하였다. 간호사가 창문 밖 정훈을 바라보며 빨리 데려가라는 눈빛을 보냈다.

정훈이 부모님을 차에 태우고 보건소를 빠져나오는데 119

구급차들이 요란하게 사이렌을 울리며 보건소로 급하게 들어 갔다. 노부부는 보건소에서 지급한 특수 고글을 쓰고 있어 우 주인이 된 것 같은 기분이 들었다. 집으로 돌아가는 동안 성 철은 차 안에서 개들이 무리 지어 나타나 노인을 공격하는 것 을 두 번이나 봤다. 개의 숫자는 많지 않았지만 앙상하게 뼈 만 남아 실험실의 뼈 모형처럼 갈비뼈가 드러나 있고 털은 구 토물이 말라붙어 얽히고설켜 모두 바이러스에 감염된 것처럼 보였다. 항체가 생겼는지 삼 일이면 죽던 개들이 살아 돌아다 니며 노인들만 노려 습격해 먹을 것을 약탈하고, 피를 핥고 살을 파먹는 모습도 발견되었다. 커다란 뼈를 물고 다니는 개 도 여러 마리나 보았다. 정숙은 고글에 김이 서려 거리의 처 참한 광경을 다 보지는 못했다.

정훈은 아파트 단지 사람들 눈을 피해 지하주차장에서 곧 바로 엘리베이터를 타고 집으로 올라갔다. 다행히 중간에 엘 리베이터를 타는 사람은 없어 부모님의 눈을 본 주민은 없었 다. 아내가 현관문을 열어주면서 고글을 쓴 시어머니와 시아 버지를 보고 슬슬 물러나며 뒷걸음질을 치고 좀비라도 만난 듯한 일그러진 표정을 지었다.

정훈이 빠르게 말했다.

- 검사 결과 나오려면 24시간 이상 걸린대.

- 보건소에 입원 안 시켜준대요?

- 눈 충혈 환자는 처음이라 검사를 해봐야 결막염인지 뉴클리어-81 때문인지 알 수 있다고 했어.

- 그동안 아이들과 한집에서 지내도 된대요?

- 결과가 나와봐야 알겠지...

- 당신, 어떻게 그렇게 무책임하게 말해요? 부모님도 소중하지만, 자식도 소중한 거 아니에요?

- 나도 온 가족이 소중하지만 지금 뭘 어떻게 하겠어?

- 아버지 어머니, 호텔 방이라도 잡아 모셔다드리고 오세요.

- 당신은 장인 장모라면 그렇게 하겠어? 그리고 보건소에서 자가격리를 하라고 조치를 내렸는데 어떻게 호텔로 모셔? 내일이면 결과 나오니까 그때까지는 우리가 모셔야지.

두 노인은 아들과 며느리가 싸우는 것을 보고 기가 막혔다. 하지만 정말로 또 다른 바이러스에 감염되었는지 알 수 없으므로 결과가 나올 때까지 아들 집에 있을 수밖에 없었다. 며느리가 식탁 의자를 들고 와 아이들 방문을 의자로 막아놓고 나오지 못하게 하였다.

정훈이 화를 내며 소리쳤다.

- 차라리 지우 방을 부모님에게 드리고 우리가 거실에서

지내면 되잖아?

연희는 그제야 정신을 차린 듯 말했다.

- 내가 왜 그 생각을 못 했지...

며느리는 지우 방문을 열고 들어가 팔을 잡고 아들을 끌어
내고 거실에 서서 허리에 양팔을 올리고 눈을 까집은 채 코뿔
소처럼 입으로 숨을 몰아쉬면서 노부부를 바라봤다.

연희가 코를 씩씩거리며 말했다.

- 아버님 어머님이 지우 방에서 지내세요.

- 그래, 그렇게 하는 것이 좋겠다. 우리가 들어가마.

- 화장실 갈 때만 문 열어드릴게요.

정숙이 버럭 화를 내며 양팔을 흔들며 소리쳤다.

- 에미야! 너무하는 거 아니냐?

- 어머니, 죄송해요. 손자 손녀도 생각해주세요.

성철은 화가 치밀었다. 입술을 깨물며 꾹 참고 걱정스러운
듯 며느리에게 말했다.

- 화장실 갈 때는 빨리 문 열어라!

정훈이 대답했다.

- 네, 아버지 걱정하지 마세요. 제가 신속히 열어드릴게요.

정숙이 불만 가득한 목소리로 말했다.

- 안에다 오줌똥 싸게 만들지 마라.

두 분이 방으로 들어가자 연희는 방문 손잡이 아래 의자를 가져다 놓고 안에서는 열고 나오지 못하게 하였다. 노부부는 매시간 교대로 화장실 가겠다고 문을 두드리고 정훈은 뛰어가 문을 열어주었다. 밥은 연희가 간단히 편의점 음식을 챙겨주면 정훈이 쟁반에 들고 가 방 안에 놓고 나왔다. 정훈은 바이러스에 감염되었다면 병원에 입원시킬 생각으로 입원이 가능한 병원을 여러 군데 알아봤다. 사실은 바이러스 감염이 아니고 단순 결막염이라고 하더라도 입원시키는 것이 편하겠다 싶어 싼 병원을 찾았다. 지우 방에 갇힌 노부부는 죽은 듯이 누워만 있었다.

아이들과 밥을 먹는데 정훈의 핸드폰이 울렸다. 보건소에서 걸려 온 전화였다.

- 여보세요!

보건소 직원의 다급한 목소리가 정훈을 긴장하게 만들었다.

- 보건소입니다. 두 분 모두 혈액검사에서 세슘-137이 검출되었습니다.

정훈이 떨리는 목소리로 물었다.

- 여보세요! 저희 부모님은 어떻게 해야 합니까?

- 너무 걱정 안 하셔도 됩니다. 자가격리를 하며 약물치료

를 받는 걸로 결정되었습니다. 질병관리본부에서 공무원이 매일 나가 행동 수칙을 알려주고 약물치료를 할 예정입니다.

전화를 끊기도 전에 현관 입구에 질병관리본부의 차가 도착하고 방호복을 입은 두 사람이 차에서 내려 아파트 입주민들 시선받으며 엘리베이터를 타고 정훈네 집으로 올라왔다. 연희가 현관문을 열어주며 앞집을 살폈다. 앞집 아주머니가 카드 한 장 들어갈 만큼 문을 열고 빼꼼히 지켜보고 있었다. 연희는 기분이 심상치 않아 방호복 입은 사람들을 급히 집으로 들였다. 노트북을 든 질병관리본부 공무원들이 방으로 들어가 성철과 정숙의 눈을 살피고 담담히 설명했다.

"세슘이 미량 검출돼 건강에는 크게 지장이 없고 바이러스가 가족들에게 전염될 가능성은 희박합니다. 하지만 가족 간 접촉을 피하는 것이 좋습니다. 세슘의 유효반감기는 백팔 일이나, 세슘을 몸 밖으로 배출시키는 프러시안블루(Prussian Blue)는 세슘이 인체 내부에 흡수되는 것을 막고 몸 밖으로 배출시켜 유효반감기를 삼십 일로 줄여줍니다. 신체가 방사능에 노출되는 시간을 크게 줄여줌으로써 치료 효과가 커 프러시안블루를 복용하면 빠르게 치료될 것입니다. 또한 한정숙 님은 뉴클리어-81 바이러스 항체가 생겨 빠르게 회복될

개 떼 공격

것이고 김성철 님은 갑상샘이 없어 방사성 아이오딘의 오염
은 없습니다. 두 분은 매우 특이한 사례로 우리나라에서 최초
로 세슘에 감염된 것으로 밝혀져 질병관리본부는 예의 주시
할 것입니다. 그리고 두 분을 방에 격리한 것은 매우 현명한
행동입니다.”

질병관리본부 공무원들은 부모님을 방에 가둔 며느리의 행
동이 매우 적절한 행동이었다고 여러 번 칭찬하고 갔다. 연희
는 어깨를 으쓱이며 시부모를 방에 가두길 잘했다고 정훈을
노려보며 눈을 치켜떴다. 질병관리본부 사람들이 돌아가고
긴급 속보가 나왔다.

“우리나라에서 최초로 뉴클리어-81 바이러스에 감염돼 세
슘-137에 오염된 노부부 환자가 발생했습니다. 부산에서 최
초로 뉴클리어-81에 감염되어 완치 후 서울로 올라온 노부부
로 현재 강남의 아들 아파트에 머물고 있으며 프러시안블루
약물치료를 받을 것으로 보입니다.”

뉴스 화면에는 김정훈과 배연희가 사는 아파트가 모자이크
처리되어 나왔지만, 아파트 입주민은 누구나 알아볼 수 있었

다. 뉴스가 나가고 두 시간도 안 돼, 아파트 주민들이 현수막을 들고 몰려들어 정훈네 808동 앞에서 구호를 외치며 데모했다. 아파트 전 주민이 모두 나온 성싶었다.

앞집 여자가 주동이 돼 구호를 외쳤다.

- 뉴클리어-81 바이러스에 감염된 것도 모자라 또다시 세슘에 감염된 김성철과 한정숙 노인은 지금 당장 아파트에서 떠나라!

- 떠나라! 떠나라!

- 김성철과 한정숙 노인은 아파트를 즉시 떠나라!

- 떠나라! 떠나라!

데모가 시작되자 며느리는 어쩔 줄 모르고 베란다 창문으로 내려다보며 정신없이 거실과 베란다를 들락거렸다. 연희가 베란다에 모습을 보일 때마다 데모하는 주민들의 구호는 커졌다.

- 김성철과 한정숙 노부부는 당장 우리 아파트를 떠나라!

- 떠나라! 떠나라!

정훈은 어찌해야 할지 특별한 생각이 떠오르지 않았다. 부산으로 돌아갈 수도 없고 부모님이 갈만한 곳은 없었다. 알아본 병원마다 뉴스까지 나온 부모님의 이름만 듣고 딱 잘라 거절하며 오히려 화를 냈다.

개 떼 공격

- 여보세요! 우리 병원 망하게 할 생각입니까?

- 아닙니다. 입원이 가능한지 문의한 것뿐입니다.

- 잘 아시잖아요. 뉴클리어-81에 감염된 환자가 다녀간 병원은 모두 통제된다는 거.

- 네, 죄송합니다.

연희는 입원할 병원을 더 알아보라고 계속 다그쳤다. 부모님을 받겠다는 병원은 없고 보건소에서는 자가격리를 하면 된다고만 했다. 아파트 주민들의 데모는 밤에도 계속돼, 정훈은 머리가 돌아버릴 것 같았다. 연희는 양손으로 귀를 막고 왔다 갔다 하며 베란다에서 내려다보고 데모하는 주민의 동태를 살폈다. 정훈네 집에서 뾰쪽한 대답이 없자 데모하는 주민들의 구호가 갈수록 험하게 변했다.

- 우리 아파트 입주민 다 죽일 생각이냐!

- 노인들을 당장 부산으로 돌려보내라!

- 돌아가라! 돌아가라!

참다못한 정훈이 아래로 내려가 사정을 얘기하고 안전하다고 설명했다. 주민들은 들으려고 하지 않았다. 화가 치민 정훈이 침을 튀기며 아파트 주민들에게 소리쳤다.

- 그럼 여러분은 우리 부모님을 어떻게 하면 좋겠습니까?

- 부산으로 돌려보내라!

- 강원도 깊은 산골로 보내라!

- 충청도 빈농가로 보내라!

- 전라도 무인도로 보내라!

입주민들은 미친 사람들처럼 아무 말이나 막 해댔다. 정훈이 듣다 기가 막혀 결심하고 최후통첩했다. "우리는 보건소의 지시대로 자가격리 상태에서 약을 복용하며 치료받을 것입니다." 흥분한 입주민들이 아파트 현관 유리문을 부수고 난동을 부렸다. 경찰이 출동해 입주민들을 해산시켜 겨우 데모는 진정되었다. 하지만 입주민 수십 명이 정훈의 집 현관을 막고 가족 모두 집밖으로 나오지 못하게 통제했다. 연희는 입주민 아줌마들 볼 낯이 없다고 안방으로 들어가 꼼짝하지 않고 지우와 지혜는 겁에 질려 핸드폰에 눈을 박고 말이 없었다.

성철은 아들과 며느리를 볼 면목이 없고 정숙은 손주들 바라보기가 미안해 텔레비전 뉴스에 온종일 눈과 귀를 기울였다. 뉴스는 두 사람의 세슘 감염에 대한 뉴스가 반복되고 반복되었다. 세슘에 노출되면 근육에 농축돼 해로운 감마선을 방출하고 눈을 충혈시켜 심하면 실명하게 되며 전신마비, 골수암, 폐암, 유방암, 갑상샘암을 유발한다고 떠들어댔다. 듣기만 해도 온몸에 소름이 돋았다.

정숙은 두 번이나 뉴클리어-81 바이러스에 감염되었다고 생각하면 웃음이 나왔다. 신이 저세상으로 데려가려고 발악하는 것 같았다. 하지만 정숙은 신에게 도전장을 내밀었다. 프러시안블루를 복용하면 세슘과 화학적으로 결합해 삼십 일이면 대부분 몸 밖으로 배출되므로 나을 수 있다고 확신하며 프러시안블루만 잘 복용하면 미량의 세슘이 검출되었으므로 고통 없이 회복될 것이란 보건소의 설명을 믿었다.

뉴스 진행자가 방사능에 오염된 일본 수산물 섭취로 방사성 세슘에 감염되었다고 떠들었다. 방송을 들은 아파트 입주민들은 뉴스를 믿지 않고 공기전파설을 운운하며 노부부가 한 아파트 단지에 있다는 것만으로도 불안해했다. 수시로 데모가 벌어지고 또 경찰이 출동해 해산시키길 반복하다가 아파트에 경찰차와 전투경찰 중대를 배치해 데모를 하지 못하도록 막았다. 입주민들은 포기하지 않고 옆 아파트 단지 주민들과 동조하고 환경단체 회원들까지 합세하면서 데모는 수시로 일어났다.

성철은 왜 세슘에 감염되었는지 생각해보았다. 일본이 방사능 오염수를 후쿠시마 앞바다에 방류하고 방사능에 오염된 생선을 섭취하면서 몸에 세슘이 그동안 축적된 것이 확실했다. 부산에 살면서 좋아하는 생선을 마음껏 먹으면서도 일본산 생선은 절대 사 먹지 않았다. 참치는 한 시간에 칠십 킬로미터를 헤엄치는 총알 같은 생선이었다. 다른 물고기들도 일본이 후쿠시마 앞바다에 방류한 핵오염수에 오염돼 해류보다 훨씬 빠른 속도로 동해와 태평양 그리고 인도양 대서양까지 헤엄쳐갔을 것이다. 그러므로 동해에서 일본 어선이 잡으면 일본산, 한국 어선이 잡으면 한국산이고 태평양에서 중국 어선이 잡으면 중국산으로, 러시아 어선이 잡으면 러시아산으로 국내에서 판매되므로 그동안 섭취한 생선을 통해 세슘-137에 감염되었다고밖에 생각할 수밖에 없었다.

성철과 정숙이 세슘 감염 진단을 받은 지 사흘 만에 새로운 환자들이 전국에서 나타나기 시작했다. 세슘 감염자가 기하급수적으로 발생하고 이상하게도 감염된 환자는 모두 칠십 세 이상의 노인들이었다.

성철과 정숙은 프러시안블루 복용 십오 일 만에 완치 판정을 받았다. 그리고 보건소에서 두 사람은 새로운 뉴클리어-81, 세슘-137 돌연변이 바이러스에 대항하는 새로운 항체가 생겼다고 알려주었다. 하지만 뉴클리어-81 바이러스에서 발견된 스트론튬-90의 유효반감기는 이십팔 년이므로 성철과 정숙이 백 세까지 살기 전에는 어떤 증상이 언제 나타날지 모르는 일이었다. 노부부가 완치되었다는 뉴스가 나가자 아파트의 주민들도 조용해졌다.

개 떼 공격

전국의 보건소는 새로운 충혈 환자들이 민들레 홀씨가 날리듯이 나타나 질병관리본부는 겨우 진정시킨 방사성 아이오딘-131 치료에 이어 다시 전국에 비상사태를 선포했다. 충혈 환자는 칠십 세 이상 노인들이 대부분으로 프러시안블루 치료제를 투여해도 팔십 세 이상 망구노인 환자들은 십일 안에 눈의 핏줄이 모두 터져 실명하거나 구십 퍼센트 이상 사망했다. 전 세계적으로 충혈 노인 환자가 걷잡을 수 없이 늘어나면서 치료제를 구하기 어렵게 되자 각 국가는 프러시안블루 확보 전쟁에 나섰다.

　김정훈과 배연희는 정부의 긴급호출을 받았다. 정훈은 국민연금공단 재정책임자이고 연희는 국민건강보험공단 재정책임자로 두 사람은 대학 경제학과에 다니면서 만나 연애결혼했다.
　정부대책회의는 국무총리 주도로 각 부처 장관들이 모여, 국민건강보험공단 이사장, 연금공단 이사장을 참석시키고 실무자로 김정훈과 배연희가 각각 공단 재정책임자로 배석했다. 정훈과 연희는 왜 뉴클리어-81 정부대책회의에 본인들이 참석하게 되었는지 의아했다. 회의 분위기는 매우 심각했다.
　국무총리가 심각하게 굳은 표정으로 먼저 입을 열었다.

- 보건복지부 장관님, 왜 뉴클리어-81입니까?

- 총리님, 말씀드리겠습니다. 뉴클리어는 원자력, 핵의 의미이고 81은 일본의 국가번호입니다. 뉴클리어-81 바이러스는 일본 후쿠시마의 핵오염수 수산물에서 비롯되었으므로 뉴클리어-81은 일본에서 최초로 발생한 핵 바이러스란 의미입니다.

- 그렇군요. 매우 적절한 이름으로 잘 지었습니다.

총리가 살짝 미소를 지으며 다시 신중하게 질문했다.

- 국민건강보험공단 이사장님에게 질문하겠습니다. 뉴클리어-81 바이러스는 칠십 세 이상의 노인들이 주로 감염되고 팔십 세 이상의 고령자는 구십 퍼센트의 사망률을 보이고 있습니다. 뉴클리어-81 사태로 정부가 감당하기 어려울 만큼 많은 국민건강보험료가 지출되고 있습니다. 정부에서는 심각한 건강보험료 적자를 개선할 방안을 마련해 국민건강보험의 파산을 막아야 합니다. 가장 많은 건강보험료를 사용하는 노인 인구와 건강보험료 지출 규모를 자세히 보고해주세요.

- 총리님, 실무자가 직접 보고하도록 하겠습니다.

- 그렇게 하세요.

- 국민건강보험공단의 재정책임자 김정훈입니다. 뉴클리어-81 치료비로 얼마나 많은 의료보험료가 들어갈지는 뉴클

리어-81이 종식된 다음에나 통계를 알 수 있을 것입니다. 앞으로 일 년 이상 뉴클리어-81 사태가 계속된다면 국민연금공단도 심각한 적자가 예상됩니다. 2023년에 세계 인구는 팔십 억 명을 넘어섰습니다. 한국의 총인구는 감소하기 시작한 반면 노인 인구는 빠르게 증가해 2030년에는 팔십 세 이상 노인 인구가 약 삼백만 명으로 늘어날 것이고, 2050년에 팔십 세 이상 노인 인구가 칠백오십만 명으로 증가할 것으로 전망됩니다. 한국의 평균기대수명이 구십일 세로 늘어나면서 노인의 전체 의료비 지출이 약 이백오십조 원에 달할 것으로 예상됩니다.

김정훈은 브리핑을 마치고 회의에 참석한 장관들을 빙 둘러보았다. 모두 입을 꼭 다물고 누구도 질문하는 사람이 없었다. 장관들은 서로 얼굴을 바라보며 고개를 끄덕였다. 정훈은 이해가 안 됐다. 뉴클리어-81이 창궐하는 시기에 왜 노인과 의료보험금의 지출 그리고 미래의 노인 인구와 노인 의료비 지출 예상금까지 발표하라는지 알 수 없었다. 프러시안블루를 구매하기 위해 예산을 확보하려는 것으로밖에 생각할 수 없었다.

국무총리는 국민연금공단 이사장을 바라보며 말했다.

- 국민연금공단도 준비한 자료 발표해주세요.

- 총리님, 저희도 실무자가 발표하도록 하겠습니다.

- 국민연금공단의 재정담당자 배연희입니다. 2023년 국민연금공단의 적립 기금은 약 팔백오십조 원입니다. 하지만 생산 인구 감소와 노인 인구 증가로 2050년부터는 약 백조 원의 적자가 예상됩니다.

배연희의 발표가 끝나자 장관들은 하나같이 놀라는 표정을 지으며 떠들었다. 전혀 생각을 못 했던 일인지 수치를 듣고 질문할 생각조차 못 했다. 연희는 질문자가 없자 정훈 옆 의자에 앉았다. 정훈이 손을 잡아줘 떨리던 가슴이 가라앉았다.

국민연금공단 이사장이 말했다.

- 2000년대 들어서면서는 생산자 열 명이 한 명의 노인을 부양했습니다. 2020년에는 다섯 명이 한 명의 노인을 부양하였고, 2050년에는 한 명의 생산자가 한 명의 노인을 책임져야 할 것입니다. 앞으로 한국에서 태어날 청년 한 명이 노인 한 명을 책임지라고 하면 대한민국에서 살 청년이 있겠습니까? 대책을 세우지 않으면 대한민국의 미래는 없다고 봅니다.

정부회의는 뉴클리어-81 대책은 없이 그렇게 끝났다. 정훈과 연희는 집으로 돌아오면서 고위공무원들의 의도를 도저히 알아차릴 수가 없었다. 하다못해 프러시안블루 확보를 위한 방안을 묻지도 않았다. 하지만 큰 성과도 있었다. 국민건강보험의 엄청난 적자와 국민연금의 고갈 위험성을 정부의 정책책임자들에게 알렸다는 것에 만족했다.

자동차 라디오에서는 미국과 유럽의 선진국들이 프러시안 블루를 생산하는 제약사에 선금을 주고 약품을 무한정으로 빼돌리고 있다는 뉴스가 이어지고 한국은 외국에서 확보가 어려워지자 국내 제약사에서 신약을 개발하기로 하고 예산을 지원할 것이라 하였다. 집에 도착하자 아버지와 어머니가 미역과 다시마를 한 쟁반 싸놓고 지우와 지혜를 데리고 앉아 생으로 먹고 있었다.

연희가 놀라 쟁반을 빼앗으며 소리쳤다.

- 지금 뭐 하시는 거예요?

- 에미야! 다시마와 미역이 방사성 아이오딘에 감염되는 것을 막아준다.

- 그래서 애들에게 먹이는 거예요?

- 그래, 손자 손녀는 아직 항체가 없으니 미역과 다시마를 먹고 예방해야지...

- 어머니, 이렇게 많이 먹으면 오히려 침샘 부종이나 아이오딘 중독에 걸려요.

- 우리나라 안정화 아이오딘도 동났는데 미리 먹어 예방하

는 것이 최선이다.

- 어머니, 방사성 아이오딘-131에 노출돼도 안정화 아이오딘을 먹으면 치료할 수 있어요.

- 얘들아, 니 엄마 말 듣지 말고 어서 많이 먹어둬라. 미역과 다시마 가격이 폭등해 구하기도 어렵다.

성철이 정훈을 보며 물었다.

- 우리나라는 프러시안블루를 많이 확보하고 있냐?

- 아버지, 그게... 수천 명분만 확보하고 있습니다.

- 우리처럼 세슘에 감염된 사람들이 급증하고 있는데 어떻게 하려고?

- 정부에서 예상하지 못한 일이라 수입선을 확보하려고 여러 방면으로 노력하고 있습니다.

- 수입할 수는 있냐?

- 우리나라 제약사에서 개발하도록 지원할 계획입니다.

- 언제 개발하고 언제 시험하고 언제 판매하려고...

- 빠르면 일 년 안에 가능할 겁니다.

연희가 쟁반의 다시마와 미역을 쓰레기통에 버려, 정숙은 소리를 지를까 하다 그만두었다. 어서 집에서 나가길 바라는 며느리에게 밉보여 좋을 게 없었다. 성철은 텔레비전만 하루 종일 보면서 세계로 확산되는 뉴클리어-81 뉴스를 들었다. 각국에서 일어나는 개들의 습격 사건 그리고 새롭게 발생하는 세슘 감염자들의 국제뉴스가 계속되었다. 뉴클리어-81이 아프리카와 남미까지 퍼지면서 공기전파를 주장하는 과학자들이 늘어나고 뉴클리어-81 바이러스의 발생을 숨긴 일본에 손해배상을 청구하겠다는 환경단체들 소식도 수시로 전했다. 거의 매시간 어느 나라가 몇만 명분의 프러시안블루를 확보해 국민이 치료제를 싣고 오는 비행기를 환영했다는 소식이 있는가 하면, 몇 나라 대통령은 뉴클리어-81은 일 년 안에 자동 소멸될 것이므로 평상시와 같이 경제활동을 계속하라는 대범한 말을 했다.

김정훈과 배연희는 보건복지부 장관과 함께 뉴클리어-81 비상대책회의가 열리는 청와대로 갔다. 회의실에는 대통령, 국무총리, 질병관리본부장 그리고 보건복지부 장관과 실무책임자로 정훈과 연희가 참석했다.

대통령이 보건복지부 장관을 질책했다.

- 뉴클리어-81을 사전에 예방하지 못하고 전국으로 퍼져 사망자가 속출하는 이유가 무엇입니까?

보건복지부 장관 박정근이 긴장한 얼굴로 말했다.

- 뉴클리어-81의 초기 증상으로 나타난 방사성 아이오딘-131은 개 살처분과 일본산 수산물 판매 금지로 진정되었

으나 예상치 못한 세슘 바이러스가 새롭게 출현해 보건복지부에서 예방에 실패하면서 지금까지 약 오백만 명이 뉴클리어-81에 감염되었고 십만여 명의 사망자가 발생했습니다.

- 세슘 바이러스 치료제, 프러시안블루 확보는 어떻게 진행되고 있습니까?

- 여러 나라에 문의하고 있지만 전혀 확보하지 못했습니다.

- 똑바로 하세요. 똑바로! 다른 방법은 뭐가 있습니까?

질병관리본부장이 조용히 입을 열었다.

- 지금 상황은 세계 모든 국가가 프러시안블루 확보 전쟁 중이라 사실상 외국에서 수입하는 것은 어렵습니다. 국내 제약사를 통해 프러시안블루를 생산할 예정이지만 기술상 일 년 이상 걸릴 것이므로 우리가 당장 취할 방법은 이미 항체가 생긴 사람의 혈액을 채취하여 뉴클리어-81 치료제를 생산하는 방법입니다.

국무총리가 질문했다.

- 혈장치료제 생산은 시간이 얼마나 걸립니까?

- 혈장치료제는 한 달 안에 설비와 시설을 갖출 수 있고 삼 개월이면 혈장치료제의 대량 생산이 가능합니다.

대통령이 고개를 끄덕이며 말했다.

- 그럼 혈장치료요법을 조속히 실시하도록 하세요.

국무총리가 비장한 표정으로 대통령의 말을 자르며 보건복지부 장관 박정근을 불렀다. 대통령이 국무총리를 굳은 얼굴로 노려보고, 국무총리는 대통령의 눈치를 살피고 다시 입을 열었다.

- 보건복지부에서 어제 보고한 내용을 이 자리에서 발표하세요.

박정근은 주먹으로 입을 가리고 헛기침을 한 번 하고 냉정하게 말했다.

- 대통령님, 이번 기회에 뉴클리어-81 바이러스를 이용해 국민건강보험과 국민연금의 파산을 막아야 합니다.

- 박 장관님, 저게 무슨 말입니까?

- 잠깐, 실무자들의 설명을 듣겠습니다.

- 국민건강보험공단에서 준비한 내용 발표해주세요.

김정훈이 마이크를 만지고 침착하게 설명했다.

- 국민건강보험 재정책임자 김정훈입니다. 2023년에 국민건강보험공단은 약 백조 원의 진료비를 지급했습니다. 수년 안에 국민건강보험의 재정누적적립금은 고갈되고 평생 진료비의 구십 퍼센트 이상을 사용하는 육십오 세 이상 노인의 증가로 2050년 국민건강보험 파산이 우려되므로 정부의 시급

한 대책이 필요합니다.

김정훈의 보고가 끝나기 무섭게 박정근 보건복지부 장관이 배연희를 불렀다.

- 국민연금공단도 현재 어떤 상황인지 숨김없이 보고하세요.

- 국민연금공단 재정책임자 배연희입니다. 4대연금의 고갈 시기가 빨라지고 있습니다. 4대공적연금은 2040년 약 삼십조 원의 적자가 예상되고 2050년에는 백조 원 이상의 적자가 예상됩니다. 정부가 연금제도를 개혁하지 않으면 대한민국 연금제도는 2050년 파산하게 됩니다.

대통령이 인상을 찌푸리며 심각한 얼굴로 물었다.

- 김정훈 책임자는 국민건강보험의 파산을 맡을 대책이 있습니까?

- 대통령님, 국민건강보험의 파산을 막을 정책을 연구 중이며 곧 발표 가능합니다.

- 배연희 책임자는 국민연금의 고갈을 막을 대책이 있다고 봅니까?

- 대통령님, 신속히 연구를 진행해 발표하겠습니다.

국무총리가 김정훈과 배연희의 말을 자르고 말했다.

- 이대로 가면 대한민국의 파산을 막을 정책은 없습니다.

국무총리는 냉정하고 확신에 찬 중대한 발표를 할 사람처럼 회의 참석자들 한 사람 한 사람 얼굴을 살폈다. 대통령도 긴장하고 국가의 파산을 막을 방법은 없다는 느닷없는 선언에 말문이 막혔다.

대통령이 깜짝 놀라 물었다.

- 총리님은 무슨 특별한 대책이 있습니까?

- 대통령님, 대한민국의 파산을 막을 방법이 있기는 있습니다.

- 보건복지부 장관이 직접 보고해 보세요.

- 우리나라는 세계 1위의 저출산율과 초고령화로 국민건강보험과 국민연금의 적자가 눈덩이처럼 늘어나 2050년 이전에 파산한다는 것이 모든 정책연구소의 연구 결과입니다. 국가의 파산을 막는 방법은 노인 인구를 줄이는 방법뿐입니다.

대통령이 눈을 크게 뜨고 질문했다.

- 어떻게 말입니까?

- 뉴클리어-81을 이용하는 방법입니다.

박 장관이 질병관리본부장에게 물었다.

- 앞으로 뉴클리어-81 피해 상황은 어떨 것 같습니까?

- 현재 감염자는 약 오백만 명이며 사망자는 약 십만 명에

달합니다. 백신이나 치료제가 나오기 전에 한국은 천만 명이 감염되고 팔십 세 이상 노인 중 백만 명 이상이 사망할 것입니다.

- 팔십 세 이상 노인들이 뉴클리어-81에 감염되면 대부분 사망한다는 말 아닙니까?

- 대통령님, 그렇습니다.

보건복지부 장관이 기회를 놓치지 않고 말했다.

- 바로 그것입니다. 팔십 세 이상 노인들이 뉴클리어-81로 대다수 사망하면 국민건강보험이나 국민연금은 자연스럽게 흑자로 돌아설 것입니다.

질병관리본부장 김진수가 버럭 소리쳤다.

- 팔십 세 노인이라도 그냥 죽도록 내버려 둘 수는 없습니다. 신속히 혈장치료제를 개발해 뉴클리어-81 감염자들을 치료해야 합니다. 혈장치료요법으로 치료하면 젊은 감염자들은 사흘 만에 회복할 것이고 노인들은 늦어도 십 일이면 완치될 것입니다.

보건복지부 장관 박정근이 질병관리본부장 김진수를 노려보며 말했다.

- 노인 한 명 치료할 혈장이면 청년 세 명을 치료할 수 있습니다. 청년을 치료할 혈장도 부족한데 노인들을 치료할 혈

개 떼 공격

장이 있겠습니까? 그건 소중한 혈장치료제의 낭비입니다.

- 대한민국 정부는 노인들보다 한 명의 청년이 더 중요합니까?

- 당연한 말 아닙니까? 이 나라는 청년들의 나라이지, 결코 노인의 나라가 아닙니다.

국무총리가 화를 내며 소리쳤다.

- 국가의 파산을 막기 위해서는 어쩔 수 없는 일입니다. 팔십 세 이상 노인보다 단 한 명의 청년이라도 살려야 합니다.

정훈과 연희는 무시무시한 정부 책임자들의 의견에 감히 대항할 수 없었다. 뉴클리어-81에 감염된 노인들은 다 죽게 내버려 두자는 보건복지부 장관과 국무총리의 생각이었다. 대통령은 어떤 생각을 하는지 궁금해 지켜봤다. 손바닥에 이마를 기대고 있던 대통령이 손을 내리며 입을 열었다.

- 국가를 유지하는 일보다 더 중요한 일은 없습니다. 국가 파산을 막을 수 있다면 모든 방법을 강구해야 합니다.

대통령과 국무총리 그리고 보건복지부 장관의 무서운 음모를 알아차린 질병관리본부장 김진수가 흥분해 삼백만 명 이상의 노인들이 사망할 거라 단언하며 백신과 치료제 개발을 서둘러야 한다고 주장했다. 그의 의견은 무시되었다. 정훈과 연희도 혈장치료요법은 즉시 실시할 수 있다고 여러 번 말해도 정부의 최고 권력자들은 전혀 받아들이지 않았다. 국무총리는 비상회의가 극비사항이며 누설 시 엄중함 책임을 묻겠다는 말로 질병관리본부장과 정훈 부부의 입을 단단히 봉했다.

대통령은 정훈과 연희에게 국민건강보험과 국민연금의 파산을 막을 정책이 있다면 연구를 진행해 보고하라는 짧은 말을 남기고 비상회의를 마쳤다. 대통령은 국무총리, 보건복지부 장관과 함께 대통령집무실로 향하고 질병관리본부장 김진수와 정훈, 연희는 돌려보냈다. 그들이 어떤 정책을 논의할지 상상조차 되지 않았다. 국무총리는 다음 대권을 노리고 있었고, 보건복지부 장관도 잠룡으로 부상하며 추종자들의 지지를 받고 있었다.

질병관리본부장 김진수는 차를 타고 빠르게 청와대를 빠져나갔다. 정훈은 불길한 예감에 머리를 크게 흔들고 연희도 숨이 막히도록 마음이 불안했다. 하지만 국가의 존립을 위해서는 특단의 정치가 필요하다는 생각을 저버릴 수는 없었다. 팔십 세 이상의 노인들만 희생할 것인가 아니면 국민 전체를 희생할 것인가 냉정하게 생각하면 대통령의 결정이 틀린 것만은 아니었다. 팔십 세 이상 노인들을 살리면 국가는 재정적으로 파산할 것이며, 청년들은 꿈을 잃고 더 이상 일하지 않을

개 떼 공격

것이므로 결국 희망이 사라진 청년들은 결혼을 거부하며 아이를 낳지 않거나 폭동을 일으킬 것이고, 망구노인들은 모두 십 년 안에 자연사할 것이므로 국가는 자연적으로 소멸할 것이란 생각이 깊어졌다.

텔레비전은 연일 노인의 건강보험 지급액과 국민연금 지급액 뉴스만 내보냈다. 눈덩이처럼 쌓이는 적자로 곧 나라가 파산할 것이라고 강조하며 청년들을 분노하게 만들고 노인을 전 국민의 악으로 몰아갔다. 더구나 팔십 세 이상의 노인 증가와 그들이 차지하는 의료비와 연금을 강조하며 머지않은 미래에 대한민국은 노인 인구가 생산 인구를 크게 앞선다고 청년들을 자꾸 불안하게 선동했다.

한국은 뉴클리어-81 검사가 소용없을 정도로 감염자가 오백만 명을 넘으면서 매일 수만 명 이상의 감염자가 발생하고 총사망자가 이십만 명에 육박했다. 하지만 초창기에 항공노선을 폐쇄했던 중국이 가장 먼저 육십 세 이하의 여행을 정상화하고 유럽연합과 미국노선도 빠르게 정상화돼, 세계 모든 국가의 육십 세 이하의 여행은 정상적으로 이루어졌다.

노인들이 속수무책으로 뉴클리어-81로 죽어가는 가운데 젊은 사람들은 거리낌 없이 해외여행을 하고 경제활동을 재개했다. 각국의 경제활동이 정상을 되찾았으면서 역설적으로 노인들이 세계 경제에 미치는 영향은 미미하다는 것을 보여주고 있었다. 수개월 만에 전 세계 인구 중 일억 명이 감염되고 사망자는 천이백만 명을 넘어섰다. 장수국 일본과 홍콩, 싱가포르의 사망자가 많고 유럽은 스페인, 이탈리아, 프랑스, 독일, 스위스, 이스라엘, 룩셈부르크 등 장수국의 노인 사망자가 속수무책으로 증가했다. 우리나라는 혈장치료요법에 사용할 항체 생산 연구가 질병관리본부의 주도로 빠르게 진행되고 정부는 치료제 개발을 위해 특별예산을 편성할 계획이라고 하였으나 국회에서 통과되지 않고 있었다.

간간이 산속에서 도망간 개들이 무리 지어 나타나 사람을 공격하고 사람과 사람 간에 감염되는 뉴클리어-81의 돌연변이 바이러스는 바람처럼 노인 감염자를 만들어냈다. 각국에서 치료제를 개발해 임상실험 중이란 뉴스는 여러 건 있었지만 실제로 치료제를 생산하는 나라는 없었다. 우리나라도 금방 혈장을 이용한 치료제가 개발될 것처럼 떠들면서도 예산 부족으로 시설과 설비를 갖추는 데 상당한 시간을 허비했다. 질병관리본부에서 신속한 예산 집행을 요구해도 국회는 발바닥을 핥는 곰처럼 전혀 반응이 없었다. 질병관리본부장 김진수가 국회의장을 만나 설득하였으나 소용이 없었다.

김정훈의 아들 지우가 학교에서 실시한 뉴클리어-81 검사에서 양성이 나오고 보건소에서 실시한 가족 전원의 검사에서 딸 지혜도 양성 반응이 나왔다. 하지만 입원할 병실이 없어 집에서 자가격리 치료를 하라는 보건소의 통보를 받았다. 청소년들은 대부분 팔 일을 넘기면 자연 치유되므로 크게 걱정하지 않았으나 칠 일이 지나도 지우와 지혜는 회복될 기미 없이 고통스러워했다.

담당 의사는 십 일까지는 기다려보라며 무조건 자연 치유된다는 소리만 변함없이 했다. 정훈과 연희는 십 일이 지나도 낫지 않자 아이들을 데리고 다시 큰 병원 응급실로 갔다. 의료진은 사이토카인 폭풍 증상이 급속히 진행되고 있어 생명이 위험하다고 진단했다. 노인 환자들이 가득 차 입원실을 구하지 못하고 정훈과 연희는 집으로 돌아와 부모님에게 지우와 지혜의 상황을 알렸다.

정숙이 정훈에게 물었다.

- 사이토카인 폭풍 증상이 확실하냐?

- 지우와 지혜는 뉴클리어-81에 감염된 세포에 면역체계가 과도하게 반응하며 정상 세포를 공격하고 있습니다. 건강한 사람 중 일부는 면역항체가 정상 세포를 지나치게 파괴해 죽음에 이를 수도 있습니다.

정숙은 고개를 끄덕였다. 아이들 방에서는 기침 소리가 멈추지 않고, 연희는 전화기를 들고 매시간 병상이 나왔는지 확인하다가 핸드폰을 집어던지며 소리쳤다.

- 망할 놈의 노인들, 다 망구노인들 때문이야...

정훈이 연희의 양어깨를 잡고 진정시켰다.

- 조금 더 기다리면 병실이 나오겠지...

- 절대 안 나온다고. 입원할 노인들이 줄을 서 있는데 우리 아이들까지 순서가 오겠어...?

- 우리 애들은 잘 견뎌낼 거야.

- 여보, 지우와 지혜 죽으면 어떡해?

- 재수 없는 소리 하지 마! 나도 불안해 미치겠단 말이야.

- 곧 죽을 노인들이 왜 병실을 차지하고 있는 거야...

정숙은 아들과 며느리의 말을 더 듣고 있을 수 없고 노인은 죽어야 한다는 말이 자신들에게 하는 소리 같아 남편과 함께 집을 나섰다. 정숙은 손자 손녀가 사경을 헤매는 것을 두 눈 뜨고 지켜보고 있을 수만은 없었다. 그래도 할머니가 명색이 의사인데 아이들을 살려야겠다는 생각이 깊어졌다. 정숙은 곧바로 의료기상을 찾아가 일회용 주사기와 채혈기구를 여러 세트 구매하고 혈액원심분리기를 샀다.

성철이 의아해하며 물었다.

- 어디에 쓰게?

- 우리 손주들은 우리가 살립시다.

- 무슨 방법이 있소?

- 내가 그래도 의사를 삼십 년 이상 했잖아요. 나만 믿어요.

성철은 정숙의 당당하고 자신 있게 하는 말을 믿지 않을 수 없었다. 집으로 돌아오자 아들과 며느리가 아이들을 안고 눈물을 흘리고 있었다. 정숙은 의료기세트를 방 안에 정리해놓고 성철의 팔을 걷어 올려 앙상한 팔뚝에서 혈관을 찾아 주사기를 꽂고 피를 뽑았다. 정숙은 자기 팔 옷을 걷고 스스로 주사를 꽂자 늙은 몸의 팔에서도 빨간 피가 솟아났다. 정숙은 피를 유리관에 담아 혈액원심분리기에 올리고 돌리기 시작했다.

연희는 애간장이 탔다. 아이들은 통증으로 고통스러워하는데 다음 날도 빈 병실이 나왔다는 연락은 없었다. 급기야 아이들 체온이 사십 도까지 올라 119를 호출했다. 구급대가 출동해도 병실이 없어 의미 없다고, 열이 내리도록 얼음찜 해주라는 말만 하고 전화를 끊었다. 정훈과 연희가 고급공무원의 인맥을 총동원해도 병실 하나를 구할 수 없었다.

노인들은 열이 오르기 시작하면 삼십팔 도에서 정신이 혼미해지고 사십 도까지 오르면 간이 손상돼 오 일 안에 대부분 사망했다. 다행히 지우와 지혜는 건강한 탓에 사십 도의 고열도 견뎌내고 있었다. 아이들의 고통스러워하는 신음에 정훈과 연희는 저절로 눈물이 흘러내렸다. 정숙은 침착하게 손자 손녀의 체온을 삼십 분마다 확인했다. 아이들이 고통스러워하는 것을 더 이상 볼 수 없어 연희는 "모든 노인을 포기하더라도 한 명의 청년은 살리겠다."라고 한 말이 생각나 보건복지부 장관에게 전화를 걸었다. 핸드폰 신호음이 세 번 울리고 전화를 받았다.

  - 여보세요! 보건복지부 장관입니다.

  - 여보세요! 장관님, 국민연금공단 배연희입니다.

  - 무슨 일이십니까?

  - 저희 아이들이 뉴클리어-81에 감염돼 사십 도까지 체온이 올라 사경을 헤매고 있습니다.

  - 안타까운 일이지만 병실이 나올 때까지 기다려야 합니다.

  - 장관님, 부탁드립니다. 다른 방도가 없겠습니까?

  - 아직 치료제가 개발되지 않아 병실을 얻어도 치료할 방법이 없습니다. 젊은 사람들은 자연 치유되므로 열이 내리면 회복될 겁니다.

  정부의 발표와 다르게 보건복지부 장관도 치료제가 없다는

개 떼 공격

것을 인정했다. 곧 개발된다던 치료제는 없고 젊은 사람은 절대 죽지 않는다고 했는데 왜 아이들에게 사이토카인 폭풍이 나타났는지 원망스러웠다. 연희는 포기하지 않고 빈 병실이 나왔는지 수백 번 병원에 문의하고 정훈은 제약사마다 치료제가 개발되었는지 물었지만 확실한 대답을 들을 수는 없었다. 두 사람이 지쳐갈 때 아이들 체온을 체크한 정숙이 정훈과 연희 그리고 성철을 거실로 불러 모았다.

정숙이 붉어진 눈으로 감정을 억누르고 말했다.

- 모두 냉정하게 듣고 판단하길 바란다.

성철이 조용히 입을 열었다.

- 무슨 문제라도 생겼소?

- 아이들 둘 다 열이 사십 도가 넘었습니다.

정훈이 다급하게 물었다.

- 엄마, 어떻게 해요?

- 이젠 해열제를 먹여도 열이 내려가지 않고 아이들은 의식이 희미해지고 있어. 몇 시간을 더 버틸지는 나도 알 수 없다.

연희가 울며불며 말했다.

- 어머니, 지우와 지혜 어떻게 합니까?

- 이제 체온계는 마지막 한 눈금만 남기고 있다. 아이들 체

온이 사십이 도로 올라가면 어떤 조치도 소용이 없게 된다.

성철이 놀라 물었다.

- 왜요?

- 체온이 사십이 도까지 오르면 세포의 단백질이 달걀처럼 굳어 원래 상태로 되돌릴 수 없어 사망하게 됩니다.

연희가 정숙에게 바짝 다가가며 물었다.

- 어머니는 의사잖아요? 우리 아이들 좀 살려주세요.

- 지금 방에는 지우 지혜 할아버지와 내 피를 뽑아 원심분리기로 분리한 혈장치료제가 있다. 열두 번 주사할 양이므로 치료 효과가 있다면 회복 가능성이 있지만 부작용으로 사망하거나 어떤 장애가 생길지 장담할 수 없다.

- 어머니, 그건 안 돼요. 임상실험도 안 했고 치료 효과가 있는지 알 수도 없는데 어떻게 아이들에게 혈장치료제를 주사하겠습니까?

- 그건 아이들 부모인 너희가 결정할 문제다. 우리도 할아버지 할머니이지만 우리는 너희 결정에 따르겠다.

정훈이 연희 손을 잡고 달랬다.

- 우리 아이들이 그냥 죽게 놔둘 수는 없잖아?

- 자연 치유될 수도 있잖아...

정숙이 조용한 목소리로 다시 말했다.

개 떼 공격

- 체온이 사십이 도로 오른 다음에는 혈장치료요법도 소용이 없다. 빨리 결정해야 아이들을 살릴 기회가 있는 것이다.

연희는 몸부림치며 반대했다. 정훈이 달래도 울기만 할 뿐 대답하지 않고 정신이 나간 사람처럼 울부짖었다. 정훈이 연희의 뺨을 후려치고 말했다.

- 당신, 정신 차려야 아이들 살릴 수 있어. 어머니 말 들어! 알았지?

- 안 돼! 안 된다고. 나는 못 해...

- 그럼, 우리 아이들 그냥 죽일 거야?

갑자기 연희가 울음을 그치고 정숙을 노려보며 말했다.

- 어머니, 자신 있지요?

- 내가 삼십 년 의사 생활하며 봐온 일이다. 나는 내 손자 손녀를 살릴 수 있다고 믿는다.

- 그럼, 어머니 제발 우리 아이들 살려주세요. 잘못돼도 어머니 원망 안 할게요.

정훈이 연희를 꼭 껴안았다. 성철이 혈액원심분리기를 들고 오고 정숙이 일회용 주사기를 챙겨 아이들 방으로 갔다.

연희가 뛰어와 물었다.

- 왜 지혜부터 주사를 놓으세요.

- 여자고 나이도 어리니까 먼저 살려야지.

- 어머니, 그래도 지우부터 치료해주세요. 어린 지혜 부작용 나타날지도 모르잖아요?

정훈이 정희를 붙들고 말했다.

- 누구부터가 뭐가 중요해. 일 분 간격으로 주사 놓을 건데.

- 여보, 그래도 지우부터 놔달라고 해. 그리고 결과를 지켜보고 지혜에게 주사해도 늦지 않잖아?

정숙이 냉정하게 말했다.

- 금방 체온이 사십이 도까지 오를 것이므로 누구든 결과를 보고 나중에 주사할 시간의 여유는 없다.

연희의 울음소리로 아파트가 무너질 것 같았다. 아파트 집집마다 주민들이 창문을 열고 정훈네 집을 바라보고 있었다. 무섭고 두려운 눈빛이었다. 당장이라도 주민들이 몰려올 것만 같았다. 정훈은 거실의 커튼을 치고 연희의 입을 막으며 말했다.

- 정신 좀 차려! 시간을 지체하면 아이들이 죽는다고.

체념한 듯 정신이 나가 눈동자가 흔들리는 얼굴로 연희가 말했다.

- 어머니만 믿겠습니다.

정숙은 주사기를 들고 손가락에 살짝 힘을 줘 주사기의 공기를 뺐다. 정숙은 지우의 팔을 걷어 올리고 팔뚝을 소독솜으로 문지르고 며느리 부탁대로 지우에게 먼저 담황색의 혈장치료제를 주사했다. 그리고 가늘게 숨만 쉬고 있는 지혜의 이마를 손으로 만져보았다. 곧 얼굴에서 김이 피어오를 것처럼 뜨거웠다.

- 며늘아기야, 일 분이라도 지체하면 지혜는 살릴 기회조차 없을 것 같구나.

- 어머니, 어서 주사를 놔주세요.

정숙은 지혜의 팔뚝을 걷어 올리고 혈장치료제 주사를 놓았다. 주사기를 빼자마자 연희가 달려들어 아이들을 흔들었다. 아이들은 전혀 반응이 없었다. 정숙은 깨어나기만 간절히 바라며 잡았던 아이들 손을 놓았다.

연희가 정숙의 손을 부여잡고 소리쳤다.

- 어머니, 주사 맞고도 아무런 반응이 없잖아요. 우리 아이들 죽은 거 아니에요?

- 아직은 살아있다. 열두 시간이 지나면 효과가 나타나기 시작할 거다. 효과가 있으면 세 번은 혈장치료제 주사를 맞아야 회복될 것이다.

- 어머니, 정말로 지우와 지혜가 회복되는 것이 맞지요?

- 주사를 맞혔으니 일단 기다려보자꾸나.

정훈이 연희를 데리고 안방으로 들어가고 노부부는 아이들을 지켜보며 간호했다. 주사를 맞은 지 열두 시간이 지난 한밤중에 지우가 먼저 깨어나고 곧이어 지혜가 깨어났다. 정숙은 체온부터 쟀다. 삼십팔 도까지 내려가 있었다. 연희는 아이들이 깨어난 것을 보고 시어머니를 껴안고 엉엉 소리 내 울었다.

정훈이 아이들 손을 잡고 다급하게 이름을 불렀다.

- 지우야, 이제 정신 들어?

- 응, 아빠 머리가 아파...

- 지혜야, 아빠 알아보겠어?

- 아빠, 배고파...

연희가 우당탕 주방으로 뛰어가 죽 봉지를 뜯어 전자레인지에 돌리며 안방으로 뛰어와 아이들 상태를 보고 또 뛰어가 죽을 그릇에 담아왔다. 가늘게 눈을 뜨고 엄마가 수저로 죽을 뜨는 것을 보고 지혜가 말했다.

- 엄마, 난 죽 싫어. 햄버거 먹고 싶어.

지우가 지혜의 머리를 쥐어박았다.

- 그냥 먹으라고.

- 나는 죽 싫다니까?

연희가 정훈의 옆구리를 찔렀다.

- 그래, 얘들아. 아빠가 금방 햄버거 사 올게. 죽 조금만 먹고 있어.

정훈이 달려나가고 정숙과 성철은 아이들 깨어난 것이 기적만 같아 머리를 쓰다듬었다. 그런데 지우가 할아버지 손을 탁 치고 말했다.

- 할아버지 할머니가 부산에서 이상한 바이러스에 걸려 우리 집에 와 있으니까 우리도 바이러스에 걸렸잖아요.

연희가 다급히 지우를 달랬다.

- 지우야, 아니야. 할아버지 할머니가 너희들 살린 거야.

지혜가 팔다리를 동동거리고 떼를 쓰며 말했다.

- 뭐가 아니야? 할아버지 할머니 때문에 우리도 바이러스에 걸린 거 다 안다고. 할아버지 할머니 싫어. 가버렸으면 좋겠어...

- 너희들, 엄마 말 안 들어? 할머니가 너희들 살린 거야. 지우가 학교에서 뉴클리어-81에 걸려 왔잖아?

정훈이 햄버거를 사 들고 헐레벌떡 뛰어왔다. 아이들은 햄버거를 할아버지 할머니 것까지 허겁지겁 먹어 치웠다. 열이 조금 내려가고 기운을 차린 아이들에게 정숙은 다시 한번 혈장치료제 주사를 놓았다. 아이들은 다시 잠이 들어 숨을 몰아쉬었다.

노부부가 거실로 나오자 정훈 부부도 따라서 나왔다.

– 에미야, 내일 한 번 더 혈장치료제 주사를 맞히면 완전히 회복될 것 같구나.

– 어머니, 정말 감사합니다. 어머니가 우리 아이들을 살리셨습니다.

성철은 텔레비전 뉴스를 켰다. 젊은 사람들은 수천 명씩 모여 술을 마시고 관광지와 유원지는 젊은 사람들이 넘쳐 났다. 하지만 어느 요양원에서는 직원들이 모두 도망가 노인 수십 명이 집단 사망한 채 일주일 만에 발견되었다는 뉴스가 나왔다. 전국의 요양원에서 방치된 노인 사망자가 빠르게 늘고 있다는 뉴스가 끝나자 곧바로 육십 세 이하 해외여행객을 모집하는 광고가 줄기차게 계속되었다.

정숙이 해외여행 광고를 보며 물었다.

– 여보, 우리도 해외여행 가서 돌아오지 맙시다.

– 어디로 가게요?

– 글쎄, 천국이든 지옥이든 갑시다.

– 이제 곧 가게 될 건데 뭘 서둘러...

성철은 세계 크루즈선 광고가 나오자 인상을 찌푸렸다. 자식들에게 서울 아파트 물려주지 말고 세계여행이나 신나게 하다 죽을 걸 그랬나 생각되었다. 정숙도 초호화 크루즈선을

개 떼 공격

바라보며 얼굴빛이 좋지 않았다. 서울 아파트 한 채 값이면 평생 세계여행을 다니면서도 호화로운 여생을 즐길 수 있는 돈이었다. 부모가 자식을 생각하는 만큼 자식들은 부모를 생각하지 않았다. 오로지 자신들의 삶만 중요하고 부모의 인생은 안중에도 없었다.

3

청년들의 반란

　서울 시청광장으로 노인들이 모여들었다. 모두 팔십 세 이상의 망구노인들로 허리도 제대로 펴지 못하고 지팡이를 짚고 걷는 노인들이 현수막을 들고나와 소리쳤다.

　"대통령은 노인들을 살릴 뉴클리어-81 치료제를 신속히 개발하라!"

　지팡이로 땅을 치고 하늘을 찌르며 소리치는 노인들을 경찰이 방패로 에워쌌다. 경찰들은 '다 늙어 빠진 주제에 뭔 데모야.' 하는 표정으로 실실 웃었다. 성철 부부도 노인들 데모에 합류해 소리 지르며 목소리를 높였다. 거리를 지나다니는 젊은 시민들은 전혀 반응이 없고 기력 없는 노인들의 구호는 거리를 달리는 차들의 엔진 소음에 불과했다.

망구노인 데모대의 반대편에는 팔십 세 이하 실버노인들이 나타나 구호를 외치며 데모를 시작했다.

"국민연금, 국민건강보험 바닥나기 전에 정부는 대책을 세워라!"

망구노인들과 실버노인들 데모는 비슷한 듯하면서 전혀 다른 모습을 보였다. 경찰은 데모대를 막고, 망구노인들은 지팡이로 경찰들의 방패를 두드리며 소리쳤다.

"당장, 대통령 나오라고 해! 대통령을 직접 만나 노인들 다 죽기 전에 담판을 지어야겠다."

실버노인들이 망구노인들의 앞을 가로막으면서 서로 구호를 외치며 대치했다. 젊은 사람 눈에는 다 같은 노인들 같았지만 망구노인들은 빨간 차양 모자를 실버노인들은 흰색 중절모를 쓰고 있었다.

망구노인들이 먼저 구호를 외쳤다.

- 정부는 신속히 노인들 살릴 치료제를 개발하라!

- 치료제를 개발하라!

실버노인들이 맞받아 훨씬 우렁찬 목소리로 구호를 외쳤다.

- 정부는 연금을 삭감하지 마라!

- 건강보험료를 인상하지 마라!

순식간에 노인들이 모여들며 빨간 차양의 망구노인들이 수십만 명으로 늘어나고 흰색 중절모를 쓴 실버노인들이 망구노인의 두서너 배로 늘어나면서 서로 구호를 주고받으며 목청을 높이던 망구와 실버노인들이 맞붙어 서로 밀치고 밀고 하더니 실버노인 데모대의 주동자가 마이크를 잡고 갑자기 망구노인들을 향해 외쳤다.

- 우리의 연금이 삭감되는 것은 팔십 세 이상 망구노인들의 급격한 증가 때문입니다. 또한 우리의 건강보험료가 인상되는 것도 망구노인들 때문에 건강보험 적자가 심각하기 때문입니다.

성철이 갑자기 무대로 뛰어 올라갔다. 정숙이 붙잡을 새도 없이 순식간에 일어난 일이었다. 남편이 무슨 말을 할지 조마조마하고 가슴이 쿵쿵 뛰었다. 잘못했다가는 실버노인들에게 테러당할 수도 있는 험악한 곳이었다. 성철이 망구노인들을 대표해 마이크를 잡고 목에 핏대를 세워 외쳤다.

청년들의 반란

- 팔십 세 이상 장수하는 망구노인들은 오히려 실버노인들보다 의료비 지출이 적습니다. 평소에 건강을 유지하는 생활을 하기 때문입니다. 젊어서부터 금주와 금연 그리고 적당한 운동은 팔십 세가 넘어도 건강을 유지하는 비결입니다.

　실버노인 대표가 다시 목소리를 높였다.

　- 2020년에 이미 한국의 팔십 세 이상 망구노인이 백팔십만 명을 돌파했으며 이 노인들이 죽을 때까지 연금을 받기 때문에 우리 실버노인들의 연금이 줄어드는 것입니다.

　젊은 경찰들이 노인들의 구호를 들으며 피식피식 웃어 성철은 그만 마이크를 놓고 내려왔다. 그때 갑자기 실버노인들이 "와!" 소리 지르며 공격했다. 실버노인들이 팔팔하게 달려들어, 망구노인들이 발버둥을 쳤지만 힘으로 이길 수가 없었다.

　실버노인들이 우렁차게 목소리를 높였다.

　- 팔십 세 이상 처먹은 늙은 망구 느그들이 죽어야 우리가 연금받고 살아!

　경찰 진압차가 물대포를 노인들에게 쏘고 경찰봉을 치켜들고 휘두르며 진압을 시작하자 뛸 수 있는 실버노인들은 모두 도망가고 걷기도 힘든 망구노인만 물대포에 맞아 몇 미터씩 뒤로 나뒹굴었다. 물줄기가 쏟아지는 가운데 성철은 정숙의 손을 잡고 죽기 살기로 달려 경찰의 저지선을 뚫고 시청 지하로 도망쳤다. 지하도는 노인들로 꽉 차 서로 뒤엉켜 넘어진 노인들은 일어서지 못하고 짓밟혔다. 성철은 정숙의 손을 끝까지 놓치지 않고 넘어지면 죽는다는 심정으로 지하상가를 뛰어 시청역에서 지하철 2호선을 탈 수 있었다. 지하철은 지옥철로 변해 노인들이 문이 닫히지 않을 만큼 밀고 들어와 호흡곤란을 호소하며 가슴을 부여잡고 소리치는 노인들이 많았다. 열차와 열차 사이의 통로로 밀려들어 간 노부부는 겨우 숨을 쉴 수 있었다.

숨을 몰아쉬며 정숙이 못마땅한 듯 물었다.

- 우리는 아직 실버인데 왜 망구들 편에 서서 데모한 겁니까?

- 여보, 우리도 곧 팔십이 넘을 것이니 망구나 다름없지 않소...

노부부는 지하철에서 내려 옛날에는 자기들 집이었지만 지금은 아들과 며느리 집인 강남의 아파트로 갔다. 정훈이 아파트 현관문을 열며 다급하게 물었다.

- 아버지, 텔레비전에 나오던데 마이크는 왜 잡았어요?

- 망구노인은 다 죽어야 한다고 말해 화가 치밀어 참을 수가 없었다.

청년들의 반란

- 아버지 어머니는 아직 팔십이 안 되었잖아요?

- 우리도 이제 곧 팔십이다.

- 하긴 그렇지만 아직은 칠십대처럼 행동하셔야지요.

- 왜? 정부에서도 팔십 세 이상은 죽어야 한다고 생각하냐?

- 이대로 가다간 2050년에는 육십 세 이상 노인이 사십 퍼센트가 넘고 그중 팔십 세 이상 노인이 십오 퍼센트가 넘어 세계 초고령국가가 될 것으로 예측돼, 정부에서도 특별한 대책을 세우고 있는 듯합니다.

- 정부의 그 특별한 대책이 무엇이냐?

- 지금은 말씀드릴 수 없습니다. 하지만 보건복지부 예산이 교육부 예산을 초과했습니다. 노인 인구 증가에 대한 대책 없이 가만히 있다가는 대한민국도 파산을 피할 수 없게 됩니다.

연희가 불쑥 말했다.

- 어머니 아버지, 이제 밖으로 돌아다니시면 화를 당할 수도 있습니다.

정숙이 흥분하며 목소리를 높였다.

- 그래, 오늘 실버노인들이 망구노인들 공격하는 거 보니까 맞아 죽을지도 모르겠다는 섬뜩한 생각이 들더라.

- 어머니, 오늘 시청광장에서 망구노인 한 명이 구타당해 사망하고 수백 명이 다쳤습니다.

　정부에서도 예상하지 못한 실버노인들의 데모는 망구노인들에게는 공포와 충격이었다. 시간이 지나면서 전국에서 실버노인들이 망구노인들을 공격하는 데모가 일어났다. 연희는 백화점에서 어머니와 아버지가 입을 청바지와 티셔츠를 사고 검정 머리 염색약을 사 왔다. 최대한 젊게 보이는 것이 실버노인들의 공격을 피하는 방법이었다. 공포의 테러는 전국의 도시에서 계속되었다. 그러나 군 단위 시골에서는 그런 일이 단 한 건도 발생하지 않았다. 정훈은 아버지 어머니도 언제든 실버노인들의 공격 대상이 될 수 있다고 생각했다. 연희는 전남 무안 친정에 시부모님이 지낼만한 주택 한 채를 알아봐 달라고 부탁했다. 뉴클리어-81이 계속되면 도시에서는 실버노인들의 반란이 더욱 거세질 것이고 망구노인을 상대로 한 테러가 자행될 거란 생각이 들었다.

　정훈은 질병관리본부에 지우와 지혜의 혈장치료요법 완치를 보고했다. 질병관리본부와 보건소의 공무원들이 나와 성철과 정숙의 피를 채혈하고 혈액원심분리기의 혈장을 수거해 갔다. 노부부는 정부도 대통령도 믿을 수 없는 세상이라 다시

피를 뽑아 혈액원심분리기를 가동했다. 누가 언제 무슨 일을 당할지 알 수 없어 뉴클리어-81의 유일한 치료제인 혈장만 믿을 수 있었다.

며칠 후에 질병관리본부에서 면역항체 생산에 성공하였으며 당장 백여 명의 환자에게 혈장치료요법을 시험할 계획이라고 밝히고 수개월 안에 수만 명에게 혈장치료를 실시하게 될 것이라고 발표했다. 정숙은 혈장 몇 개 수거해가고 마치 대량 생산에 성공한 것처럼 발표하는 정부는 믿을 수 없는 거짓말쟁이 괴물이라고 생각되었다. 성철은 정부와 정치인들은 언제든 국민에게 무서운 거짓말을 할 수 있다는 것을 알고 있었다.

혈장치료요법 발표와 동시에 김진수 질병관리본부장은 혈장치료제를 구해달라는 다급한 청탁 전화에 시달렸다. 가장 먼저 대통령비서실에서 전화를 걸어 대통령이 뉴클리어-81에 감염될 것에 대비해 최소한 십 회 접종할 혈장치료제를 확보하라고 지시했다. 다음은 정치인들이 직접 전화 걸어 혈장치료제를 부탁하고 국무총리실에서 국가 서열별로 적은 정부 요인 명단을 보내왔다. 또 대기업의 임원들이 직접 찾아와 돈은 얼마든지 낼 테니 혈장치료제를 있는 대로 사겠다고 부탁했다.

질병관리본부는 혈장치료제 생산을 위해 설비를 갖추고 시설을 늘렸다. 국민의 기대가 커지면서 국회에서도 신속하게 특별예산을 편성해주었다. 순조롭게 생산 계획이 진행되면서 속절없이 죽어가던 망구노인들도 희망을 품고 하루하루를 힘겹게 버텼다.

뉴스는 매일 모든 방송이 똑같았다. 2050년에는 국민연금과 국민건강보험이 고갈돼 이삼십대 청년들은 보험료만 평생 납부하고 실제로는 혜택을 전혀 받지 못할 것이라는 보도였다. 청년들 여론이 들끓고 SNS상에는 불안에 휩싸인 청년들이 노인을 증오하는 토론이 뜨겁게 달아올랐다.

마트에 가기 위해 성철은 청바지에 빨간 티셔츠를 입고 정숙은 찢어진 청바지에 흰색 티셔츠 입고 서로를 바라보며 헛웃음을 지었다. 청년들의 묻지마 공격을 피하기 위해서는 한 살이라도 젊게 보이는 방법밖에 없었다. 무리해서라도 사오십대로 보이도록 다소 민망한 차림을 해야 했다.

거리에는 청년들이 무리 지어 서서 두리번거리며 지나가는 사람들을 유심히 살폈다. 노부부는 최대한 꿋꿋한 자세로 활기차게 걸었다. 청년들은 오육십대 중년들도 달갑지 않게 바라보며 노인들이 지나가면 연금충(연금 축내는 노인), 건보충(국민건강보험 적자 내는 노인) 등 노인 혐오 말들을 주저 없

청년들의 반란

이 했다.

2020년에 발생한 코로나-19 바이러스가 창궐하자 유럽연합은 의료기구가 부족해 젊은 사람 위주로 치료하며 노인들 치료를 포기했고, 미국에서는 인공호흡기가 부족해지자 젊은 사람부터 치료하라고 권고해 노인들의 생명은 아예 포기했다. 세계의 많은 국가 대통령이 치료 약이 부족하면 젊은 사람만 치료하고 노인들은 알아서 생존하라는 말을 노골적으로 하면서 코로나-19로 청년층의 노인 혐오 사상이 전 세계적으로 뿌리 깊게 박혀있었다. 노인 복지비용은 청년들이 떠안고, 노인들이 청년들과 일자리를 다투고, 독거노인과 미혼 청년이 늘어나면서 급기야 주택 문제까지 겹쳐 청년들의 불만이 노인 혐오 사상으로 나타났다.

질병관리본부에서 희소식을 발표했다. 제약사에서 밤낮으로 혈장치료제를 생산해 일주일 후에는 오천여 명에게 혈장치료요법을 시범적으로 실시할 것이며 효과가 입증되면 대량 생산해 뉴클리어-81 환자 중 사망률이 구십 퍼센트에 이르는 팔십 세 이상 망구노인들부터 혈장치료요법을 실시할 계획이라고 하였다. 망구노인들은 데모를 멈추고 이제는 살았다는 마음으로 간절히 혈장치료요법이 이루어지길 기다리는 동안에도 속절없이 죽어갔다. 시민단체는 임상실험 없이 이루어지는 혈장치료제의 투약은 어떤 부작용이 일어날지 모르는 일이므로 충분한 임상실험을 거쳐 투약해야 한다고 정부를 압박했다.

　망구노인들이 노발대발하며 다시 시청광장에 모여 시위했다. 임상실험은 시간이 많이 걸리는데 뉴클리어-81에 걸리면 망구노인들은 사흘 만에 죽어 나가므로 임상실험 없이 망구노인들에게는 혈장치료제를 투약해 달라고 강력히 요구했다. 정부는 이런저런 핑계로 혈장치료제 생산을 미루고 있었다. 망구노인들이 매일 수천 명씩 죽으면서 정부에서 드디어 오천 명의 망구노인을 상대로 혈장치료제를 투약하고 결과를 지켜봤다. 한 번의 혈장치료제 주사로 열두 시간 만에 망구노인 천여 명이 뉴클리어-81 증상이 호전되고 두 번 주사를 맞은 망구노인들 천여 명 이상이 호전되었다. 그리고 세 번 주사를 맞은 망구노인까지 삼천여 명이 뉴클리어-81 증상이 호전되고 열이 삼십칠 도까지 내려가 이틀 만에 망구노인 오천 명 중 삼천 명이 병원에서 퇴원해 집으로 돌아가고 이천여 명은 치료 도중에 사망했다. 정부는 뉴클리어-81 혈장치료제의 대량 생산을 결정하고 본격적으로 생산을 시작했다고 대대적으로 발표했다.

　질병관리본부가 전 국민을 상대로 치료를 시작하기로 약속한 전날 밤 혈장치료제를 생산하던 제약사 건물에 화재가 발생해 보관 중이던 혈장치료제까지 모두 잿더미가 되는 사고가 발생했다. 경찰은 CCTV를 분석해 십여 명의 검은 복장을 한 무리가 한밤중에 나타나 제약사 건물에 휘발유를 뿌려 불지르고 사라졌다고 발표했다. 텔레비전 방송은 방화 장면을 생생하게 보여주었다. 한 무리의 사람들이 경비실의 경비들을 제압하고 플라스틱 통을 하나씩 들고 제약사 안으로 들어갔다가 나오고 바로 불길이 솟아올랐다.

성철이 화면을 보고 분노하며 소리쳤다.

- 저건 청년들의 소행이야!

정숙이 놀라 눈썹을 떨며 대답했다.

- 청년들이 노인들 치료 못 받게 일부러 불을 지른 것 같아요.

정훈은 노인을 혐오하는 특정 집단의 범죄가 분명하다고 생각했다. 검은 복장에 검은 모자를 눌러쓰고 선글라스까지 쓰고 있어 얼굴을 전혀 알아볼 수 없는 CCTV는 무용지물이었다. 경찰은 범인들을 잡기 위해 최선을 다할 것이라고 장담하였지만 얼굴 없는 집단의 정체를 밝히는 일이 쉽지는 않아 보였다.

연희가 손바닥으로 얼굴을 만지며 조심스럽게 입을 열었

다.

- 꼭 청년들이라고 보기만은 어렵지요. 실버노인들이나 사오십대 장년들일 수도 있지 않겠습니까?

정훈이 얼굴색이 변하며 물었다.

- 왜 그렇게 생각해요?

- 질병관리본부에서 팔십 세 이상 노인 오천 명을 선별해 치료하겠다고 발표했으니까, 연금수급액이 줄어들 것을 염려한 실버노인들이거나 국민건강보험료가 바닥나면 치료를 못받을까 두려워하는 사오십대 중장년들이 연금과 건강보험 혜택이 줄어들 것을 염려해 저지른 범죄인지도 모르지요.

- 그게 맞는 말인지도 모르겠네. 대한민국은 세대별로 뭉치고 있어요. 팔백만 베이비붐 세대가 정년퇴직을 해 육십대에 들어서면서 정치적으로 무섭게 성장해 대한민국을 움직이고 있습니다. 그들은 대한민국에서 가장 거대한 정치집단으로 성장했으며 대통령, 국회의원, 지방자치단체장 선거까지 당락을 가를 표심을 가진 세대입니다. 그들은 삼십 년 이상 국민연금과 건강보험료를 납부하고 이제 연금을 받고, 치료받기 시작하는데 연금이 줄어들거나 건강보험 혜택이 줄어들지 않을까 걱정할 것입니다. 당장 눈앞에 다가온 일이므로 청년들보다 더 마음을 쓰고 애가 타는 사람들은 베이비붐 세대

청년들의 반란

입니다.

연희가 정훈의 얼굴을 바라보며 물었다.

- 그럼 베이비붐 세대와 실버노인들 그리고 망구노인 집단 간 생각이 전혀 다르다는 얘기 아닙니까?

정훈이 설명했다.

- 거기에 사십대 중년층과 이삼십대 청년들의 생각은 또 다릅니다. 이들은 미래에 과연 국민연금과 건강보험 혜택을 받을 수 있을까 고민하는 세대로 베이비붐 세대들까지 곱지 않은 시선으로 바라봅니다. 한 여론조사에서 청년들은 부모님이 육십오 세까지만 살기를 바란다는 응답자가 압도적이었습니다. 육십오 세가 넘으면 청년들 말대로 그들의 연금을 갉아먹는 생산력을 상실한 연금충에 불과하며 할 일 없이 병원이나 들락거리며 건강보험료를 축내는 건보충이 된다는 생각입니다.

성철이 쓸쓸하게 말했다.

- 노인은 모든 세대에게 공공의 적이구나?

정숙이 인상 쓰며 입을 열었다.

- 우리도 연금보험료 냈고 건강보험료 냈는데 말입니다.

제약사에 불을 지른 무리는 잡히지 않고 혈장치료제를 생산하는 다른 제약사들도 방화 테러당했다. 노인들은 경찰이 범인들을 못 잡는지 안 잡는지 모르겠다고 정부를 의심하기 시작했다.

전 세계적으로 뉴클리어-81이 대유행하면서 팔십 세 이상 노인들이 하루에도 수십만 명씩 죽어 나갔다. 세계의 전염병 전문가들은 서슴없이 이십억 명 이상이 뉴클리어-81에 감염되고 이억 명 이상이 사망할 것으로 예측하기도 하였다. 전 세계 국가가 일본에 손해배상을 청구하면 일본은 망할 것이므로 손해배상을 청구한 국가부터 손해배상을 받게 될 것이라고 연일 방송에서는 토론이 벌어졌다. 우리나라 법조인들은 한국이 가장 먼저 피해를 본 국가이므로 피해액을 집계해 일본에 가장 먼저 배상 청구해야 한다고 강조하고 노인들은 일본대사관 앞에서 매일 뉴클리어-81 치료비를 배상하라고 데모를 했다. 그러나 일본대사관은 문을 굳게 닫고 아무런 대답이 없었다. 일본 정부는 전 세계적으로 배상 압박을 받으면서 모든 피해액을 배상하면 일본은 멸망할 것이므로 만약 배상 청구받으면 전쟁이라도 일으켜 국가의 멸망을 막아야 한다는 일본 정치인들도 나타났다.

거실에서 텔레비전을 보던 성철이 기침하자 정숙이 따라 기침했다. 성철은 참으려고 하면 목이 간질간질하며 더 세게 기침이 터져 나왔다. 정숙은 물도 마셔보고 사탕도 까 입에

청년들의 반란

넣었지만 기침이 멈추지 않았다. 옆에 앉아있는 손자에게 눈치가 보여 노부부는 손으로 입을 가리고 참아보려고 얼굴이 빨개지도록 무던히 애를 썼다.

지우가 자리에서 일어나 엄마를 쳐다보며 말했다.

- 엄마!

- 왜?

- 할아버지 할머니 콜록콜록 기침하잖아.

- 입이 말라 그런 거야. 할아버지 할머니, 물 좀 갖다 드려라.

- 싫어, 무서워. 할아버지 할머니 바이러스에 또 걸린 거 아니야?

- 지우야, 할아버지 할머니는 우리나라에서 가장 안전한 분들이야. 두 분 피로 너희들도 치료했잖아.

- 할아버지 할머니 때문에 엄마 아빠까지 뉴클리어-81에 걸리면 어떡해?

- 엄마 아빠는 안전해. 걱정하지 마!

지혜가 울음을 터트리며 말했다.

- 엄마 아빠 죽는 거 싫단 말이야. 할아버지 할머니, 우리 집에서 나가라고 하란 말이야.

정훈은 얼굴이 화끈 달아올라 아이들을 나무라며 부모님의 눈치를 살폈다. 성철은 몹시 언짢았다. 손자 손녀를 보면 바늘방석에 앉아있는 것 같았다. 정숙은 눈에서 금방이라도 눈물이 떨어질 듯 서글펐다. 손자 손녀들이 걱정하는 것도 이해가 되지만, 노부부는 부산 집으로 돌아갈 수가 없었다. 모든 여행 금지가 해지돼 자유롭게 다닐 수 있어도 노부부는 질병관리본부에서 혈장 확보를 위해 이동을 제한해 강남의 아들 아파트를 떠날 수가 없었다. 정숙은 손녀의 말이 가슴 깊이 쇠 말뚝처럼 박혀 좀처럼 풀리지 않았다. 성철도 어린아이들이 한 말이지만 늙으면 아이가 된다는 말이 틀리지 않은 듯 서글픈 마음을 숨길 수가 없었다.

전국의 도시에서 산불처럼 청년들의 테러가 시작되고 있었다. 수백 명씩 청년들이 마스크로 얼굴을 가리고 몽둥이를 들고 몰려다니며 나이를 가리지 않고 노인이라고 생각되면 달려들어 마스크를 벗기고 침을 뱉으며 소리쳤다.

- 연금충은 죽어라!
- 건보충은 죽어라!

청년들은 노인이 죽어야 청년이 산다고 외쳤다.

- 노인들 때문에 청년들은 연금도 못 받고, 건강보험 혜택도 못 받을 것이고, 뼈가 빠지게 일해도 노인들 좋은 일만 시키고, 청년들은 노인이 돼도 죽을 때까지 일만 하게 될 것이

청년들의 반란

다.

청년들은 뉴클리어-81에 걸려도 죽지 않는다는 것을 알고 부터는 노인들에게 바이러스를 퍼트리기 위해 별짓을 다 하고 다녔다. 대구에서는 어디서 잡아 왔는지 청년들이 개를 끌고 다니다 노인들이 나타나면 목줄을 풀어 공격하게 하였다. 울산에서는 청년들이 오토바이로 질주하며 야구방망이로 노인들을 치고 도망가고, 부산에서는 청년들이 떼거리로 몰려다니며 노인들을 구타하는 사건이 발생하고, 광주에서는 청년들이 지나가는 노인들 얼굴을 주먹으로 가격하고 쓰러지면 집단으로 짓밟고, 대전에서는 느닷없이 청년들이 달려와 이단옆차기로 노인을 차 사망하는 사고가 발생했다. 인천에서는 노인들을 마구잡이로 구타하고 지갑과 핸드백을 빼앗아 달아나고, 서울에서는 노인이 청년들 칼에 찔리는 살인 사건이 일어나고 모방범죄가 연이어 일어났다.

노인들은 시청광장에 모여 속히 범인을 검거하라고 데모하고 지방에서는 노인들이 거리를 행진하며 노인 혐오 범죄를 멈추라고 외쳤다. 경찰은 노인들을 테러한 청년은 단 한 명도 잡지 못했다.

한국에서만 뉴클리어-81로 망구노인 수십만 명이 사망하였지만 정확한 집계조차 이루어지지 않고 있었다. 세계 모든 선진국은 뉴클리어-81 치료제나 백신의 개발을 서두르지 않았다. 뉴클리어-81로 팔십 세 이상 노인들만 사망하는 공통점이 전 세계에서 일어나면서 선진국 정치인들은 치료제 개발보다 일본 배상 책임을 먼저 들고나왔다.

뉴클리어-81로 전 세계에서 이십억 명이 감염돼 노인이 이억 명 넘게 사망해도 선진국들은 전혀 놀라워하거나 두려워하지 않고 어쩔 수 없는 일이라고 각 나라 대통령들은 하나같이 떠들었다. 마치 선진국 정치인들은 노인들이 뉴클리어-81에 감염돼 죽기를 바라며 기다리고 있는 것 같았다. 장수 국가일수록 치료제 개발에서는 한발 물러서 있고 최장수국으로 뉴클리어-81 바이러스를 발생시킨 일본은 더욱 느긋하게 대처하며 노인들의 죽음을 방치했다. 어떤 나라는 정부가 일부러 노인들에게 뉴클리어-81 바이러스를 퍼트린다는 소문이 떠돌았다.

정훈과 연희는 매일 한 차례 이상 정부대책회의에 참석해 노인들 살릴 대책을 논의했다. 정부는 혈장치료제를 생산하는 제약사들을 보호하겠다는 공약만 발표하고 특별한 대책을 내놓지는 않아 답답한 노릇이었다. 혈장치료제만 제대로 생산된다면 노인들 죽음을 막을 수 있었다. 그러나 청년들의 제약사 공격과 정부의 무성의한 대책으로 혈장치료제는 전혀 생산이 이루어지지 않았다.

정훈이 퇴근해 커피를 마시며 연희에게 입을 열었다.

- 대통령과 국무총리 그리고 보건복지부 장관이 합의한 연금과 건강보험의 파산을 막을 방법으로 세운 대책은 과연 무엇이었을까?

- 정부에서 하는 짓을 보면 모르겠어? 국민연금과 국민건강보험의 적자로 국가가 파산할 것이라며 청년들에게 불안감을 조성하고 청년들의 노인 혐오 범죄를 부추기고 범인을 잡지 않는 것을 보면 가장 쉬운 정책을 선택한 거지.

- 그게 뭔데?

- 몰라서 물어? 노인들이 뉴클리어-81 바이러스에 걸려 모두 죽길 바라는 거지.

- 전 세계 장수 국가 정치인의 생각이 모두 똑같다는 말이지?

연희가 대답했다.

- 나는 그렇다고 봐.

정훈은 연희 생각이 틀린 것 같지 않았다. 정치는 무서운 것이며 국가를 먼저 생각하는 정치인들은 일부 국민의 희생을 감수하는 정책을 얼마든지 펼칠 수 있었다. 과감한 결단으로 정책을 시행한 정치인이 유능한 정치인으로 역사에 남는 것도 사실이었다.

질병관리본부장 김진수가 정부에 군대를 파견해 혈장치료
제 생산 제약사를 24시간 보호해달라고 요청했다. 국무회의
에서 청년들이 군대 출동에 동요해 더욱 극심한 테러가 발생
할 수도 있다고 반대했다. 김진수가 정훈과 연희를 조용히 찾
아와 국민연금과 국민건강보험의 파산을 막을 수 있는 정책
을 빨리 연구해 보고하라고 다그치면서 알 수 없는 말을 했
다.

— 정부에서는 이번 기회에 팔십 세 이상 노인들이 모두 사
망해 자연스럽게 연금과 건강보험이 흑자로 돌아서 청년들이
안심하고 연금과 건강보험료를 납부하도록 만들어 다음 선거
에서 승리해 정권을 연장할 기회로 삼고자 하는 것입니다.

연희가 놀라며 질문했다.

— 본부장님, 정말 그럴까요?

— 정치인들은 정권을 잡기 위해 전쟁도 일으키는 인간들입
니다. 정치권력의 중독은 무서운 것이며 더러운 것입니다. 국
민연금과 국민건강보험이 2050년에 바닥난다면 청년들이 가
만있지 않을 것입니다. 청년들이 미래에 살기 위해서는 지금
노인들을 없애야 한다는 비정한 세상의 법칙 아니겠습니까?
호랑이가 배가 고파 죽어가면서도 토끼가 불쌍하다고 바라만

청년들의 반란

보고 있겠습니까?

정훈이 말했다.

- 지금 선진국 정치인들 생각이 다 똑같은 거 같습니다. 초고령화로 빚어진 심각한 연금과 건강보험의 적자 문제를 정상적인 방법으로는 해결이 불가능하므로 뉴클리어-81을 이용해 최대한 노인들이 사망하면 국가의 파산을 막고 정권을 유지하겠다는 정책 말입니다. 어느 순간부터 암암리에 한국에서 시작된 국민연금과 건강보험의 적자를 뉴클리어-81을 이용해 정상으로 회복하고 국가의 파산을 막겠다는 비밀 정책을 전 세계 국가가 알게 모르게 모방하고 있습니다.

연희가 천천히 입을 열었다.

- 우리나라도 망구노인들의 죽음을 기다리면서 노인들의 죽음은 뉴클리어-81이 발생한 일본에 책임이 있으므로 정치인들은 절호의 기회로 생각할 것입니다. 아마도 팔십 세 이상 노인이 전부 죽을 때까지는 치료제를 개발하지 않거나 치료제 생산을 방해할 확률이 높습니다.

김진수가 무거운 표정으로 말했다.

- 혈장치료제 생산까지 성공하고 노인들에게 투약하기 하루 전에 제약사가 화재로 폭발한 것은 정부의 작전이 아닌가 생각됩니다.

정훈이 물었다.

- 왜 그렇게 생각하십니까?

- 매일 정부에서 혈장치료제 생산이 얼마나 되었는지 물어왔거든요.

연희가 말했다.

- 혈장치료제 생산만 제대로 되었다면 우리나라 노인은 물론 전 세계 노인도 모두 살릴 수 있었을 텐데 말입니다.

- 우리나라뿐만 아니라 선진국들은 이미 뉴클리어-81 치료제 생산 능력을 보유하고 있습니다. 다만 노인들의 죽음을 기다리며 생산을 미룰 뿐입니다.

김진수는 정훈과 연희에게 보고서를 빨리 제출하라는 말을 남기고 돌아갔다. 정훈은 국민건강보험의 적자를 해결할 방법을, 연희는 국민연금이 적자를 면할 방법을 연구하고 있었다. 두 사람의 머리에서도 뉴클리어-81을 이용하는 방법보다 확실하고 빠른 해결 방법은 없다는 생각이 가득했다. 하지만 그들이 연구하는 방법은 구제역으로 돼지를 살처분하듯 노인들을 뉴클리어-81로 죽이는 방법보다 노인들을 살릴 수 있는 좋은 방법이 될 수 있다는 믿음도 있었다.

유럽 국가들은 더 일하고 더 늦게 연금을 지급하는 쪽으로 연금 개혁에 나섰다가 연금 수급을 앞둔 사람들의 격한 시위로 국민과 심각한 갈등을 빚으면서 정권이 교체되고 새로운 정권은 여당으로서 국가의 파산을 막기 위해 또다시 연금과 건강보험 개혁에 나서고 국민의 반대로 개혁에 실패하면서 여당과 야당이 선거 때마다 뒤바뀌는 정치적 혼란을 거듭하고 있었다. 연금과 건강보험의 개혁은 이루어지지 않고 연금과 건강보험의 적자가 쌓여 국가는 파산으로 치닫고 청년들은 불안한 미래에 희망을 잃고 있었다.

정훈과 연희는 연일 이어지는 정부의 대책회의와 연구로 눈코 뜰 새 없이 바쁜 나날을 보내며 피로에 지쳐 있었다. 아이들과 할아버지 할머니 사이가 좋지 않아 집에서는 매일 문제가 생기고 아이들, 부모님 모두 불만을 터뜨렸다.

정훈은 무안에서 연락이 오기만 기다리며 부모님을 설득하였고 성철과 정숙도 무안으로 내려가는 것에 반대하지 않았다. 정부에서는 많은 혈장치료제를 확보하면서 성철과 정숙의 여행 금지를 풀어주었다. 대도시에서는 연일 노인 혐오 범죄가 계속되며 더욱 악랄해져 부산으로 내려갈 수는 없었다. 그러나 군 단위에서는 노인 혐오 범죄가 일어나지 않고 특히 노인 천국 무안군에서는 단 한 건의 범죄도 발생하지 않았다.

매일 수천 명씩 노인들이 죽어 나가면서 전국적으로 화장장 앞에 시신 운구차가 길게 줄을 서고 며칠씩 대기 시간이 늘어났다. 정부는 십 분 만에 시신을 화장하는 초고열 화장 차량을 개발했다. 가족들도 노인의 죽음에 무덤덤해지고 병원에 누워있는 노인들을 보면 하루라도 빨리 죽는 것이 본인이나 가족들을 위해 좋은 일이라고 대놓고 떠들었다. 노인의 인권은 어느 나라에서도 찾아볼 수 없었다.

서울에서 노인 혐오 범죄가 급증하면서 노부부는 집밖으로 나가지 못하고 집 안에서 손자 손녀 눈치를 살피며 시골집이 나오기만 기다렸다. 청년들 범죄는 늘어나고 경찰은 범인을 잡아도 증거가 부족하다고 풀어주길 반복했다. 거리는 구급차의 사이렌 소리가 멈추지 않고 굶어 죽거나 맞아 죽은 노인들 시체가 늘어나면서 까마귀들까지 도시 하늘에 나타나 "까악! 까악!" 죽음을 부르며 날아 서울은 검은 공포가 계속되었다. 밤만 되면 술집에는 젊은 사람들이 술에 취해 마치 망구노인들의 죽음을 축제로 즐기는 듯했다. 망구노인들은 내 할아버지 할머니, 아버지 어머니나 다름없으나 청년들에게는 생존의 문제였으므로 모두 똑같은 노인으로밖에 생각하지 않았다.

그즈음 무안에서 좋은 전원주택이 나왔다고 연락이 왔다. 바닷가에 위치한 집은 바다낚시도 할 수 있고 밭농사도 지을 수 있는 집으로 저렴하고 시설도 좋았다. 노부부는 소식을 듣고 기쁜 마음에 망설임 없이 짐을 싸고 무안으로 내려갈 준비를 하였다. 지우와 지혜는 할아버지 할머니가 집을 떠난다고 하니까 매우 기뻐했다. 성철과 정숙은 시원섭섭했지만 어린 손자 손녀와 숨 막히는 신경전을 벌이는 곤욕에서 벗어나는 자유를 얻는 것 같아 홀가분했다. 노부부는 짐을 다 싸고 아들과 며느리가 퇴근해 돌아오길 기다렸다. 자식들에게 아파트를 물려주고 그 집에서 태어난 손주들에게 괄시받으며 지낸 며칠이 몇 년처럼 길게만 느껴졌다. 아들과 며느리가 거실로 들어오면서 피곤한 탓인지 며느리가 연신 기침해댔다.

정숙이 물었다.

- 에미야, 어디 아프냐?

- 어머니, 피곤해서 그런가 봅니다.

- 그래, 푹 자고 나면 좋아질 거다.

정훈은 부모님을 무안까지 모셔다드려야 해 일찍 자고 일찍 일어나려고 먼저 안방으로 들어가고 며느리도 곧 따라 들어갔다. 노부부는 새벽에 떠날 생각에 쉽게 잠이 오지 않았다. 어디서 "왈! 왈! 왈!" 개 짖는 소리가 들려 '아직도 개들이 많이 살아서 숨어있구나.' 생각했다. 깜빡 잠이 들었는데 한밤중에 정훈이 깨웠다. 눈을 비비며 일어난 정숙이 잠옷을 걸치고 거실로 나왔다.

- 벌써 출발할 시간이냐?

- 엄마, 그게 아니라 애들 엄마가 이상해요.

- 왜? 어디가?

- 밤새 기침을 심하게 하면서 한숨도 못 자네요. 혹시 감기약 가지고 있는 거 없어요?

- 약은 있는데... 약을 먹고도 아침까지 기침이 심하면 병원에 데려가 봐야 한다.

약을 먹고도 안방에서 며느리의 고통스러운 기침 소리가 멈추지 않고 새어 나왔다. 새벽에 정훈이 연희를 데리고 안방에서 나와 병원에 갈 준비를 서두르고, 연희는 손에 두루마리 휴지를 들고 연신 기침하며 휴지에 가래를 뱉어냈다.

정숙이 걱정스러운 눈빛으로 물었다.

- 기침하며 가래가 나오는 것은 폐에 염증이 생겼다는 것인데 걱정이구나.

성철이 안절부절못하며 말했다.

- 어서 병원에 가 진찰부터 받아봐라. 감기인지...

정훈은 아내를 부축하고 현관을 나가고 연희는 기운이 없는 듯 축 늘어져 있었다. 아이들이 방문을 열고 아빠 엄마가 병원에 가는 것을 지켜보며 시무룩하게 할아버지 할머니를 바라봤다.

청년들의 반란

성철이 헛기침하자 지우가 소리쳤다.

- 거봐! 할아버지가 엄마에게 뉴클리어-81을 옮겼잖아?

정숙은 얼굴이 붉어지며 손녀를 꾸짖었다.

- 엄마가 회사에서 감기에 걸려 왔단다.

지혜가 까불며 할머니에게 대들었다.

- 아니야! 할아버지 때문에 엄마가 뉴클리어-81에 걸린 거야. 거짓말쟁이 할머니 싫어!

아이들은 할아버지 할머니를 공원의 비둘기 보듯 방문을 "쾅!" 소리가 나게 닫아버렸다. 성철과 정숙은 마음이 아파 정훈이 병원에서 돌아오면 손자 손녀를 위해서라도 빨리 떠나는 것이 좋을 것 같았다. 아침 여덟시에 나간 정훈은 점심시간이 지나서 연희를 데리고 돌아왔다. 두 사람 모두 얼굴빛이 안 좋았다.

성철이 조심스럽게 물었다.

- 병원에서는 뭐라고 하더냐?

- 감기는 아니고 다른 원인이 있는 거 같다고 검사를 해보고 결과를 알려준다고 했어요.

연희가 심하게 기침하자 아이들이 달려나와 엄마에게 다가갔다. 연희는 몸을 뒤로 빼며 손을 저어 아이들이 달라붙지 못하게 저지하며 소리쳤다.

- 안 돼, 너희들에게 감기 옮길 수도 있어. 저리 가!

아이들이 놀라 멈칫거리자 정훈이 아이들을 방 안으로 밀어 넣고 방문을 닫았다. 정숙은 걱정되었다. 감기가 아니라면 뉴클리어-81에 감염되었을 수도 있다는 말인데 결과가 나오기 전까지 아무런 말도 할 수 없었다. 무안으로 내려가는 것도 연희가 나을 때까지 연기되었다. 병원에서 저녁에 연락이 오고 전화를 받은 정훈의 얼굴이 파랗게 질리며 얼음처럼 굳었다.

- 애들 엄마가 뉴클리어-81에 감염되었다고 하네요.

- 걱정하지 마라. 젊은 사람들은 모두 자연 치유되지 않느냐?

- 아버지, 그게 좀 다른 거 같습니다. 폐의 공기주머니에 염증이 심해 폐가 제대로 기능을 못 할 수도 있고 심하면 사망할 수도 있다고 합니다.

- 그럼 어서 병원으로 가야지.

- 입원할 병실이 없다고 병원에서 연락할 때까지 집에서 자가격리 상태로 기다리라며 전화를 끊었습니다. 병원이고 보건소고 환자가 급증하면서 젊은 사람은 자연 치유가 된다며 입원 자체를 거절하고 있습니다.

연희의 손이 불덩이처럼 뜨거워 체온계로 측정하자 삼십팔 도나 되었다. 정훈이 호들갑을 떨며 물 한 잔을 따라와 병원에서 받아온 해열제를 연희에게 먹였다. 그때 지우가 뛰어나와 울먹이며 소리쳤다.

- 다 할아버지 할머니 때문이야!

지혜가 문밖에서 엄마를 바라보며 외쳤다.

- 할아버지 할머니 무서워!

지혜가 울음보를 터트리고 엉엉 소리 내 울었다. 정훈이 서둘러 아이들을 안방으로 데려가 호통쳤다. 노부부는 서러움이 북받쳐 마치 뉴클리어-81의 숙주라도 된 듯한 기분이었다. 정훈은 얼음 팩을 연희의 이마에 올리고 열이 내려가길 바라며 정성을 다해 간호했다.

정숙이 나지막이 말했다.

- 얼음찜질도 소용없다. 바이러스가 세포에 침투하면 스스로를 복제해 세포들을 감염시켜 인체를 정복하고, 수백만 개의 바이러스가 세포에서 탈출해 인근 세포들을 공격해 죽인 다음 바이러스의 최종 목적지 폐로 들어간다. 그러면 인체는 자기방어를 위해 면역세포들을 총출동시켜 바이러스에 대항하면서 열이 발생하므로 발열은 면역세포가 바이러스를 물리치기 위해 전쟁을 치르는 중이라고 생각하면 된다. 하지만 지우와 지혜가 겪었던 것처럼 면역세포가 과민반응으로 폐의

세포를 공격하면 정상 세포가 죽고 물이 차면 급성 호흡곤란 증세가 나타나 사망에 이르는 때도 있다.

- 엄마, 그럼 어떻게 해요?

연희가 기침하며 눈물과 콧물을 동시에 흘리며 가래를 뱉어냈다. 정훈이 가래가 가득한 휴지를 받아내고 지우와 지혜가 걱정스러운 눈빛으로 안방 문밖에서 엄마를 바라보며 흐느꼈다. 성철이 다가가 아이들을 감싸자 둘 다 할아버지 손을 뿌리쳤다. 숨을 쉬지 못하고 호흡곤란 증세를 보이며 의식이 흐린 연희의 혈압은 이백에 백육십을 오르내렸다.

정숙이 아이들을 바라보며 정훈에게 조용히 말했다.

- 이제는 다른 방법이 없구나. 우리가 배양 중인 혈장치료요법을 시도해 보는 수밖에...

성철이 혈액원심분리기를 들고 오자 정숙이 아이들을 불러 엄마 손을 잡도록 하였다. 연희는 무슨 뜻인지 알아차린 듯 아이들 손을 잡고 말없이 부드럽게 흔들었다. 정숙이 아이들을 내보내고 정훈을 바라보자 정훈은 동의하는 눈빛으로 고개를 끄덕였다. 연희의 생명은 하늘의 뜻에 달려있었다. 인간으로 할 수 있는 방법은 혈장치료요법을 마지막으로 시도해 보는 절박함뿐이었다. 누구도 한 치 앞을 알 수 없는 숨 막히는 순간이었다. 아이들도 심상치 않은 분위기 탓인지 성철의 손을 잡고 순순히 방에서 나갔다.

정숙이 주사기에 혈장치료제를 주입하고 정훈을 보며 입을 열었다.

- 어떤 부작용이 있을지는 나도 예측할 수 없다. 하지만 우리가 지금 선택할 수 있는 최선의 방법이다.

정숙은 연희의 손을 잡고 말했다.

- 살아나는 것도 죽는 것도 너의 운명이다. 마음의 각오는 되었지?

- 예, 어머니. 주사해주세요.

정숙이 혈장치료제 주사를 놓자 연희는 깊은 잠에 빠졌다. 정훈이 연희를 간호하고 정숙은 열두 시간은 지나야 효과가 나타날 것이란 짧막한 한마디를 남기고 방을 나왔다. 연희는 한 시간도 지나기 전에 잠에서 깨어나 가슴이 찢어질 듯 기침하며 숨을 제대로 쉬지 못하고 고통스러워했다. 정훈은 쉬지 않고 연희의 팔다리를 주무르고 뱉어내는 가래를 닦아주었다. 노부부는 거실에서 며느리의 고통스러워하는 기침 소리를 들으면서 텔레비전을 시청하고 아이들은 울다 지쳐 잠들었다.

텔레비전 화면의 세상은 난장판으로 청년들이 노인들을 쫓아다니며 테러하고 아파트 단지에서도 노인들은 윗집, 아랫집의 공격을 받았다. 서울과 경기에서는 요양시설이 청년들의 혐오시설로 취급돼 하룻밤에도 수십 곳이 방화로 불탔다. 지방 도시에서는 청년들의 테러가 계속돼 노인들은 아예 바깥출입을 못 해 굶어 죽은 지 며칠이 지나 집에서 발견되기도 했다. 도시는 점점 활기를 잃고 죽음의 도시로 변해갔다. 직장에 다니며 연금을 내도 은퇴 후 연금은 한푼도 받지 못하고 건강보험 혜택도 못 받는다는 뉴스로 희망을 잃은 청년들이 늘어나면서 밤거리는 무법에 가까웠다. 경찰도 청년들에게 동조하면서 노인을 학대하는 사건이 여러 도시에서 계속되었다. 정부는 강력하게 질서유지를 위해 노력하기보다는 수수방관의 자세를 취했다.

정훈은 잠깐 잠이 들었다가 아내가 신음하는 소리에 잠에서 깨 어머니를 찾았다. 정숙은 몸부림치던 연희의 열이 내리고 혈압이 내려가자 상태를 점검하고 다시 혈장치료제 주사를 났다. 며느리의 호흡이 고르고 정신이 돌아온 것만으로도 기적이었다. 연희는 강인한 체력 덕분에 혈장치료제 주사를 맞고 사흘 만에 완전히 회복했다. 아이들도 엄마가 다시 살아나면서 할머니에게 달라붙어 어리광을 부렸다.

한숨 돌리고 긴장을 푼 정훈이 거실에서 텔레비전을 시청하다가 잠이 들었다. 성철은 아들에게 담요를 덮어주고 옆에서 텔레비전을 시청하며 청년들이 노인들을 무자비하게 공격하는 뉴스를 지켜봤다. 갑자기 정훈이 기침을 하기 시작했다. 성철은 예사로운 기침 소리가 아니어서 불길한 생각이 들었다. 정훈은 기침을 하다 목을 잡고 일어나 피를 토했다. 며느리에 이어 아들까지 좋지 않은 일이 일어나고 있었다. 성철은 예감이 좋지 않아 바로 병원으로 데려가 검사를 받았다. 정훈이 뉴클리어-81에 전염되었다는 진단을 받았는데, 입원시켜 달라고 매달려도 소용없었다. 병원에서는 무조건 집으로 돌아가 알아서 치료하라는 말만 했다.

정훈의 증세는 연희와 똑같아 정숙은 아들의 증세를 조금 지켜보기로 하였다. 혈액원심분리기에는 혈장치료제가 남아 있었지만 젊은 사람들은 자연 치유돼, 정훈에게 면역항체가 생기길 기다려보기로 했다. 정훈이 아프다는 소식을 들은 김진수가 아파트로 직접 찾아왔다. 그는 혈액원심분리기에 정훈을 치료할 혈청이 남아있다는 말을 듣고 정숙에게 매달려 사정했다.

- 어머니, 제 아내가 뉴클리어-81에 감염돼 사경을 헤매고 있습니다. 젊은 사람은 자연 치유된다는 말만 믿고 사흘 동안 감기약만 먹였는데 아무런 차도가 없고 구토와 설사에 시달리고 있습니다.

- 혈청은 한 사람 주사할 양만 남아있습니다. 보시다시피 제 아들이 뉴클리어-81에 감염되었으니 어쩌면 좋습니까?

- 정부의 대책회의에 참석했던 고위공직자들이 집단으로 감염되었습니다. 며느님도 대책회의 중에 감염이 된 듯합니다. 제 아내는 제가 전파자입니다. 저는 삼 일 정도 기침을 하다 회복되었는데 아내는 뉴클리어-81로 고통받고 있습니다.

- 어머님, 제 아내 좀 살려주십시오.

- 제 아들은 어떻게 하고요?

- 어머님과 아버님은 면역항체가 형성되어 있지 않습니까?

- 그래도 혈장치료제가 하루아침에 만들어지는 것이 아닙니다.

김진수는 정훈을 바라보며 두 손을 잡고 통사정하며 눈물까지 흘렸다. 안타깝고 서글픈 일이었다. 김진수는 정훈에게 매달려 사정하고 애원했다. 서로 얼굴을 아는 처지에 냉정하게 모른 척할 수 없었다. 정훈이 엄마를 바라보며 무거운 입을 열었다.

- 엄마, 나는 건강하므로 나 대신 본부장님 사모님을 치료해주세요.

- 그건 안 된다. 난 내 아들을 살려야겠다.

- 엄마, 나는 걱정하지 마세요. 곧 자연 치유될 겁니다.

청년들의 반란

- 절대 안 될 말이다. 만약 내 앞에서 내 아들이 죽는다면 나는 저세상에 가서도 본부장에게 약 내준 것을 후회할 것이다.

본부장은 끈질기게 달라붙어 사정했다. 김진수는 이번에는 정숙에게 매달려 통사정하고 나섰다. 그의 진심 어린 아내를 사랑하는 마음에 정숙은 마음이 흔들렸다.

- 어머님, 제발 부탁입니다. 아드님은 젊어서 자연 치유가 될 겁니다. 하지만 제 아내는 이미 자연 치유의 기간이 지났습니다. 당장이라도 무슨 일이 일어날지 모르는 위급한 상황입니다.

성철도 아무런 말을 할 수가 없었다. 오로지 아들과 아내가 결정해야 할 문제였다. 정숙은 아들의 목숨이 달린 문제라 수없이 망설였다. 정훈은 삼 일이란 자연 치유 기간이 남아있어 본부장 아내에게 양보하겠다는 마음을 먹으면서도 그동안 혹시 무슨 일이 생길지 모른다는 두려움에 입이 열리지 않았다. 정훈은 독하게 마음먹고 다시 한번 어머니에게 본부장의 아내부터 치료해달라고 말했다. 정숙은 수십 번 고개를 저었다. 김진수는 또다시 정숙에게 매달려 통사정했다. 정숙은 본부장의 마음에 감동해 아들 대신 치료를 허락했다.

김진수가 집으로 달려가 아내를 차에 태워 왔다. 그의 아내는 거동이 불가능할 정도로 심각해 아파트 주민들이 휠체어를 탄 채 엘리베이터를 타고 정훈의 아파트로 들어가는 것을 눈여겨봤다. 정숙은 정성을 다해 김진수의 아내를 혈장치료요법으로 치료했다. 그녀는 상태가 심각해 세 번 주사를 맞고도 회복되지 않았다. 그동안 정훈의 상태는 악화돼 숨 쉴 때마다 주먹으로 가슴을 치며 호흡곤란 증세를 호소했다. 정숙은 만들어진 혈장은 김진수의 아내에게 모두 사용하고 다시 성철의 피를 뽑아 혈액원심분리기에서 새로운 혈장을 만들고 있었다. 정훈은 숨을 쉬기가 고통스러울 때마다 '이대로 죽는구나.' 싶어 후회가 막심했다. 정숙도 아들이 고통스러워하는 것을 보며 모질지 못한 판단으로 혈장을 소비해 아들이 죽을지 모른다는 생각에 가슴을 치며 한탄했다.

지우와 지혜가 정숙을 원망했다.

- 할머니, 미워! 우리 아빠부터 치료해야지, 왜 이상한 아줌마를 먼저 치료해?

정숙은 괴로워 차마 아들의 얼굴을 제대로 보지 못하고 돌아가는 혈액원심분리기만 하염없이 바라봤다. 하룻밤은 지나야 혈장이 만들어지는데 그동안 정훈이 버텨낼지 알 수 없었다. 김진수의 아내가 숨을 몰아쉬며 정숙의 얼굴만 바라보며 눈을 깜빡였다. 백년 같은 하룻밤이 지나고 황색 혈장이 형성되었다. 정훈이 다행히 하룻밤을 무사히 넘겨 새로 만들어진 혈장치료제 주사를 놓았다. 정숙은 김진수 아내에게도 새로 만들어진 혈장치료제를 주사했다. 연희는 정훈이 주사를 맞고도 깨어나지 않아 마음을 졸이며 간호했다. 열두 시간이 지나도 정훈은 의식이 없고 열이 내려가지 않았다. 정숙은 서둘러 두 번째 주사를 접종했다. 그리고 자신의 피를 뽑아 다시 혈액원심분리기에 올리고 가동했다. 혈장이 만들어지는 데 삼 일이 걸렸다. 연희는 두 번의 주사에도 정훈이 회복하지 못하고 죽을까 봐 무섭도록 두려웠다. 김진수는 아내가 회복하지 못했다는 소식을 듣고 부리나케 차를 타고 달려왔다. 김진수는 얼굴이 붉어진 채 아파트로 올라와 아내의 상태를 확인하고 정숙 앞에 무릎 꿇고 앉아 아내를 살려달라고 애원했다.

정숙은 독하게 마음먹고 솔직하게 말했다.

- 부인이 혈장치료제 주사를 맞고도 회복하지 못하고 있습니다. 더 이상의 치료는 무의미합니다.

- 어머니, 마지막으로 한 번만 시도해보고 포기해도 포기해주십시오.

- 이제, 딱 한 번 주사할 혈장치료제만 남아있습니다. 새로운 혈장치료제가 만들어지는 삼 일 안에 회복하지 못하면 우

리 아들은 죽으란 말입니까?

- 아드님은 곧 깨어날 것입니다.

- 어떻게 장담합니까?

- 어머니, 저를 보세요. 젊은 사람들은 대부분 자연 치유됩니다.

- 당신 아내를 위해 내 아들을 죽이란 말입니까? 본부장님도 양심이 있어야지요, 양심이...

- 어머님, 마지막으로 한 번만 더 주사를 놔주세요.

- 당신 부인 치료는 더 이상 안 됩니다. 이제는 제 아들이 먼저입니다.

- 어머니, 제 아내는 저혈압 환자이므로 회복이 늦을 수도 있습니다. 마지막으로 딱 한 번만 더 혈장치료제 주사를 놔주세요. 간곡히 부탁드립니다.

정숙은 단호히 거절했다. 정숙은 모질지만 아들을 위해서는 잘한 결정이라고 자신을 위로했다. 성철도 아내의 판단이 옳았다고 마음을 진정시켰다. 누구라도 아들을 위해 선택한 결정을 욕하지 못할 일이었다.

본부장은 포기한 듯 아파트에서 뛰쳐나갔다. 그리고 한 시간 정도 지나 여행용 가방 하나를 들고 들어왔다. 그는 정숙 앞에 가방을 내려놓고 앉으며 가방을 열어 보였다. 오만 원권이 가득 들어있었다. 성철도 가방을 보고 놀랐다. 적어도 일억은 될 듯한 돈다발이었다. 정숙은 멍하니 본부장 얼굴을 바라봤다.

성철은 입을 다물고 두 사람을 지켜봤다. 아들이 열두 시간 안에 회복하지 못하면 한 번 더 주사할 혈장치료제가 남아있었다. 그러나 마지막 혈장치료제 주사를 맞고도 회복하지 못하면 삼 일 후에 혈장치료제가 만들어지므로 그동안 정훈이 버티지 못하면 죽을 수도 있었다. 본부장의 아내는 열두 시간 안에 회복하지 못한다면 죽은 거나 다름없었다. 하지만 하나 남은 혈장치료제를 주사하면 살아날 수도 있었다. 연희는 설마설마하며 숨죽이고 시어머니만 조용히 지켜봤다. 온몸에서 식은땀이 흘러내렸다.

침묵을 깨고 본부장이 입을 열었다.

- 어머니, 김정훈은 곧 깨어날 것입니다. 설사 깨어나지 못하더라도 새로운 혈장치료제가 만들어지는 사흘 동안은 별일 없이 무사히 버틸 것입니다.

- 내 아들이 정말로 또다시 삼 일을 잘 버틸 수 있다고 생각하십니까?

- 김정훈은 근무하면서 한 번도 아픈 적 없는 건강한 청년입니다. 그의 체력이면 삼 일은 충분히 견딜 수 있다고 판단

합니다.

- 그것은 아무도 모르는 일입니다.

- 어머니, 제 아내를 꼭 좀 살려주십시오. 그 은혜는 평생 갚겠습니다.

- 본부장님, 내 아들의 목숨을 걸고 돈으로 거래할 수는 없습니다. 당장 돈 가방 들고 돌아가세요.

본부장은 끝까지 포기하지 않고 정숙에게 매달렸다. 정숙이 성철을 바라봤다. 성철은 고개를 숙이며 당신이 판단할 일이라고 말했다. 며느리가 무섭게 시아버지를 쏘아보며 어떻게 그럴 수 있냐고 원망하는 얼굴로 인상을 구겼다. 노부부는 부산에서 피난을 오며 가져온 돈은 다 쓰고 경제적으로 힘들었다. 연금으로는 저축은 생각할 수 없어 다달이 사는 것으로 족했다. 젊어서 죽도록 고생하며 살았으니 노후에는 매일을 즐기며 살면 그만이었다. 하지만 뉴클리어-81이 발생하면서 뜻하지 않은 돈이 많이 들어갔다. 노부부는 돈 앞에서 크게 흔들리고 있었다. 본부장이 내민 가방에는 뉴클리어-81이 끝날 때까지 버틸 충분한 돈이 들어있었다. 정숙은 정훈의 얼굴을 다시 한번 살피고 본부장 앞에 앉았다.

- 아내 사랑하는 마음이 갸륵해 마지막으로 주사하겠네.

연희가 호들갑을 떨며 달려와 정숙의 손을 붙잡았다.

- 어머님, 안 돼요! 애들 아빠 아직 회복되지도 않았는데 혈장치료제를 다 쓰면 어떻게 합니까?

- 에미야, 걱정하지 마라! 내 아들은 내가 너보다 더 잘 안다. 정훈은 죽을 놈이 아니다.

손자와 손녀가 달려와 할머니에게 매달렸다.

- 할머니, 우리 아빠부터 살려주세요.

- 할아버지, 우리가 잘못했어요.

성철이 아이들을 안으며 말했다.

- 얘들아, 염려하지 마라. 할아버지도 바이러스를 물리치고 살아났고 너희들도 거뜬히 바이러스를 이겨냈잖아. 아빠도 곧 회복될 거야.

- 할아버지, 그래도 싫어. 빨리 아빠부터 살리라고 말해!

정숙은 김진수의 아내에게 마지막으로 혈장치료제 주사를 놓고 정훈이 잘 견뎌주길 바라며 다시 혈액원심분리기를 돌렸다. 삼 일 후면 혈장이 다시 만들어지므로 아들만 회복된다면 온 가족이 항체가 생겨 더 이상 뉴클리어-81을 두려워할 이유가 없었다.

꼬박 하루가 지나자 정훈과 김진수의 아내가 동시에 깨어나 김진수는 회복된 아내를 데리고 빠르게 아파트를 빠져나갔다. 아파트 주민들이 질병관리본부장 김진수의 얼굴을 알아보고 그가 정훈의 아파트를 드나들며 뉴클리어-81에 감염된 아내를 치료했다는 소문은 삽시간에 강남 일대에 퍼져나갔다.

매일 수만 명이 뉴클리어-81에 감염되면서 청년들은 노골적으로 대낮에도 노인들을 거리에서 테러했다. 상황이 심각해지자 김진수가 텔레비전 뉴스에 출연해 불에 탄 뉴클리어-81 치료제 제약회사가 복구되어 수개월 내에 전 국민에게 혈장치료요법을 실행하게 될 것이라 장담했다. 하지만 국민은 그 누구도 정부의 발표를 믿으려 하지 않았다.

정훈의 아파트 단지 도로에는 뉴클리어-81에 감염된 노인을 차에 태운 가족들이 길게 줄을 서고 아파트 현관문 앞에는 환자를 업은 가족들이 문을 열어달라고 아우성치며 금방이라도 문을 부수고 쳐들어올 듯 분위기가 험악했다. 경찰을 불러 막아보려고 하였으나 그것이 오히려 화근이 되었다. 경찰이 출동하자 흥분한 시민들이 아파트 현관문을 부수고 정훈의 집 현관 키까지 부수고 거실로 들이닥쳤다. 그들은 혈액원심분리기를 통째로 들고 서로 차지하려고 다투다 거실 바닥에 떨어트려 혈청시험관이 박살나고 사람들은 미친 듯이 주사기를 들고 정훈 가족의 피를 뽑겠다고 달려들었다. 경찰특공대가 출동해 사람들을 아파트 밖으로 몰아내면서 진정되었지만

　　　　　　　　　　　　　청년들의 반란

환자를 태운 차들은 쉽게 아파트 단지를 떠나지 않았다.

언제 시민들이 다시 아파트로 몰려와 행패를 부릴지 알 수 없었다. 정훈은 가족이 피신해야 한다는 생각에 처가에서 알아본 무안의 전원주택 주소를 챙겨 차에 가족을 태우고 강남을 빠져나왔다. 경부고속도로는 정체가 극심하고 분당을 빠져나가기 전에 고속도로변 야산을 무리 지어 다니는 떠돌이 개들이 목격되었다. 아마도 항체가 생겨 살아난 개 무리 같았다. 서너 번의 개 떼를 보았는데 큰 무리는 이십여 마리까지 몰려다니고 분당을 벗어나면서 개 떼는 더욱 자주 눈에 띄었다. 천안까지 가는 동안 고속도로를 따라 달리는 개들도 목격되었다. 천안을 벗어나자 시골 동네마다 사람은 안 보이고 개 떼만 들끓고 공무를 수행하는 차들이 개 떼를 쫓으며 사냥총을 든 엽사들이 개를 사살했다. 군산을 벗어나자 평소의 시골 풍경과 다르지 않았다. 개들은 보이지 않고 시골 노인들이 뒷짐을 지고 걸어 다니며 논밭을 살피는 여유를 보였다. 뉴클리어-81과 상관없는 세상 같았다. 조용한 서해안고속도로를 달려 무안공항에서 주소를 검색해 찾아갔다. 바닷가의 영해공원 옆으로 민가가 몇 채 있고 그중 깔끔한 전원주택이 있었다. 바다 바로 앞이라 낚시하기도 좋고 집 뒤로 농사지을 황토밭도 있었다. 성철과 정숙도 전원주택이 마음에 쏙 들었다.

동네는 조용하고 영해마을 사람들은 친절했다.

정훈은 돼지 한 마리를 잡아 마을회관에서 잔치를 열어 온 가족이 이사 인사를 드렸다. 영해마을에서 며칠 지내며 정훈은 마을 사람들이 마을회관에 모여 식사도 함께하고, 잠을 함께 자는 것을 보면서 연희에게 물었다.

- 노인들을 이렇게 살게 하면 어떨까?

- 노인을 공동으로 모여 살게 한다고?

- 그래, 바로 그거야. 지켜보고 연구하면 방법이 떠오를 것 같은데...

- 나쁘지 않은 것 같아.

둘의 생각이 일맥상통해 정훈이 환하게 미소를 짓자 연희도 덩달아 덩실거렸다. 그들은 국민연금과 국민건강보험의 파산을 막을 방법을 생각하고 있었다. 대부분 홀로 사는 노인들이 마을회관에서 공동생활로 여러 가지 문제를 해결해가며 사는 것이 신기했다. 서울에서는 듣지도 보지도 못한 노인들의 공동생활 방식이었다. 정훈과 연희는 자신이 생겼다. 정부에서 원하는 연금과 건강보험의 파산을 막을 이상적인 방법이 될 것도 같았다. 두 사람의 문제는 다르지만 결과는 비슷한 연구로 진행되었다. 김진수는 매일 전화를 걸어 연구 결과를 보고하라고 압박하고 있었다.

청년들의 반란

거실에서 맥주 한잔하며 정훈이 연희에게 야릇하게 물었다.

- 당신은 얼마나 진행했어?

- 거의 마무리 단계로 접어들었어.

- 나도 거의 완성된 것 같은데 똑같은 문제가 매년 반복될 것 같아 걱정이네.

- 당신만 그런 게 아니고 나도 그런 생각이 들어. 지금 망구노인들 문제를 해결하면 다시 실버노인들이 망구노인이 되고 베이비붐 세대도 이어서 실버노인을 거쳐 망구노인의 될텐데...

- 국민연금과 국민건강보험이 흑자로 돌아서지 않는 이상 매년 청년들의 노인 혐오 범죄는 멈추지 않을 거야.

- 당신과 내가 빨리 연구 결과를 보고해야 정부에서도 노인 혐오 범죄를 막고 뉴클리어-81 치료제 개발도 진행할 것으로 보여...

정훈이 맥주 한 모금 마시고 한숨을 쉬며 말했다.

- 제약사를 공격하는 무리는 정부와 깊은 관계가 있는 거 같지?

- 당연한 거 아니야? 정부에서는 망구노인들이 뉴클리어-81로 싹 죽는다면 손쉽게 연금과 건강보험 적자 문제를

해결할 수 있으니까.

정훈이 맥주를 들이켜고 다시 입을 열었다.

- 당신 생각이 옳아. 그러나 실버노인들이 더 문제지. 그들은 망구노인만 사라지면 연금과 건강보험 혜택을 더 받을 것처럼 생각하지만 정부의 다음 목표는 실버노인들이 되겠지, 그들도 늙어가니까...

연희가 커피 한 모금을 마시고 혀를 찼다.

- 우리 정부는 설마 뉴클리어-81 치료제 생산을 미루며 이백만 명에 달하는 망구노인들이 다 죽길 기다리고 있는 것은 아니겠지?

- 당신 생각이 옳을 거야. 지금 상태로 간다면 2050년이 오기도 전에 우리나라는 파산하고 말 테니까. 국가의 파산이 다가올수록 청년들의 노인 혐오 범죄는 과격해지고 더 늘어날 거야. 어떤 종교 문제나 인종 문제보다 심각한 노인 혐오 범죄가 벌어질 것으로 생각된다.

정훈이 들고 있던 맥주 캔을 내려놓으며 말했다.

- 노인들은 알까?

- 뭘?

- 자기들이 매월 받아 가는 연금과 건강보험 적자로 국가의 파산이 우려된다는 것을...

- 알겠지만 단돈 십 원도 깎이는 것은 좋아하지 않을걸.

- 그럼 청년들은 자기들은 받지도 못할 연금과 건강보험료를 매월 지출하는 것을 언제까지 지속할까?

- 이번에 확실한 대책을 내놓지 않으면 청년들도 더 이상 연금과 건강보험료를 내지 않겠지...

- 우리 아이들은 나중에 연금과 건강보험 혜택을 누릴 수 있다고 생각해?

- 당신도 참, 우리도 연금을 받을 수 있을지 없을지 모르는데 아이들이 받을 수 있겠어?

- 우리 아이들이 돈을 벌기 시작하면 우리도 연금을 받을 시기가 되는데?

- 그때는 말이야, 우리 부모님들이 백 세까지 사신다면 지우와 지혜는 나와 당신 그리고 할아버지 할머니까지 한 명이 두 명 이상을 부양해야 할 거야.

- 과연 아이들이 그럴 수 있을까?

- 절대 못 하지. 그들도 아이를 낳고 키워야 대한민국이 유지되니까.

- 세계 어느 나라도 연금 적자 문제를 맞닥트려 본 국가가 없었어. 약 백 년 전에 선진국에서 시작된 연금복지가 그동안은 인구의 증가로 문제가 되지 않았지만 인구 감소와 함께 사

람들의 기대수명이 백 세까지 연장되면서 대두되는 문제로 앞으로 국가의 파산은 분명해 보이잖아.

정훈이 새 맥주 캔을 따며 말했다.

- 연금이 계속 적자로 이어진다면 모든 국가는 면역력이 약한 노인들만 사망하는 뉴클리어-81 바이러스를 보유하고 있다가 감기처럼 위장해 노인들을 죽이려고 들겠지. 국민연금의 파산은 곧 국가의 파산이니까.

- 한국의 국가 경제력이 떨어지면 정부는 더욱 어려운 처지에 처하고 정부 예산으로 유지하던 연금은 대폭 삭감하고 건강보험료는 대폭 인상할 거야. 청년들이 정부를 믿지 않게 되면 스스로 연금과 건강보험을 해결하려고 하겠지.

정훈은 연희 옆으로 다가앉았다. 뉴클리어-81을 치료하고 살아난 것이 둘 다 기적만 같았다. 젊은 사람들은 안 죽는다고 하지만 사이토카인 폭풍 증상으로 건장한 청년들도 많이 희생되고 실버노인들도 바이러스의 돌연변이로 희생자가 늘어났다. 그래도 뉴클리어-81 바이러스 희생자의 구십 퍼센트 이상은 팔십 세 이상의 망구노인들이었다. 정훈이 분위기를 잡으며 연희에게 키스했다. 뉴클리어-81이 발생하고 처음이었다. 연희는 눈을 돌려 노부부의 방을 확인하고 둘은 손을 잡고 방으로 들어갔다.

텔레비전 뉴스는 세계 각국에서 벌어지는 뉴클리어-81 감염자 수와 사망자 집계를 국가별로 대륙별로 알려주고 있었다. 모든 나라에서 청년들의 노인 혐오 범죄가 앞다투어 일어나면서 테러단체가 노인들을 적으로 간주하고 공격하는 형태를 보였다. 뉴클리어-81로 사망한 전 세계의 노인 숫자는 제대로 통계조차 집계되지 않았다.

아프리카에는 노인이 죽으면 동네 도서관이 불타는 것과 같다는 속담이 있고, 유럽에는 집안의 노인이 죽으면 옆집의 노인이라도 모셔 오라는 속담이 있다. 동양에서도 노인은 오랜 경험에서 얻은 지혜의 현자라고 칭송하였으나 의학의 발달로 노인 인구가 늘어나면서 존경받지 못하고 있었다. 정훈은 사태가 진정된 것 같아 가족들을 데리고 다시 서울로 돌아왔다. 아파트 앞에서 그들을 기다리는 차량은 없었다. 노부부는 바닷가 전원주택이 마음에 쏙 들어 이삿짐을 챙겨 다시 무안으로 내려가 살 생각으로 올라왔다.

연희는 국가대책회의에 참석해 팔십 세 이상 망구노인을 국가에서 보호하는 것이 대한민국 청년들에게 희망을 주고, 국민의 행복을 지키는 정책이므로 국가에서 노인들의 여생을 책임지고 고향의 실버공동복지관으로 이주시키면 노인들에게 더 많은 복지정책을 펼칠 기회가 될 것이고 도시에서 그들이 사용하던 주택은 청년들에게 공급될 것이므로 많은 부분 도시의 주택문제 해결에도 기여할 것이라고 발표했다.

정훈은 세계 여러 나라에서 의사가 없어 진료 한번 못 받고 죽음을 맞이하는 사람들도 많으므로 진정한 선진국은 인류의 평화를 위해 노력하는 국가라고 강조했다. 노인들을 전담할 의사가 필요하므로 국가공무원의사제도는 막대한 의료비 부담을 개선해 건강보험의 적자를 만회할 것이라고 발표했다.

공식 발표를 마친 정훈이 작심한 듯 거침없이 자신의 의견을 말했다.

- 지금 뉴클리어-81 바이러스에 감염돼 죽어가는 망구노인들을 방치하면서 정부가 치료제 개발을 방해하고 있다고 생각합니다. 뉴클리어-81 바이러스로 망구노인들이 사망하길 기다리는 선진국들도 마찬가지입니다. 이제는 뉴클리어-81 치료제를 생산할 시기가 되었다고 생각합니다. 인간은 누구나 평등하게 태어난 것처럼 죽음도 존엄하게 맞이할 권리가 있습니다.

보건복지부 장관이 정훈을 향해 삿대질하며 고함을 질렀다. 대통령은 고개를 숙이고 아무런 말이 없었다. 장관들은 대통령의 눈치를 살피며 입을 다물고 침묵했다. 대통령이 자리에서 일어나 회의를 마치며 정훈에게 다가와 악수를 청했다. 정훈은 두려웠다. 정부의 1급 비밀정책을 대통령 앞에서 정면으로 반박해 무사할지 걱정이었다.

뉴클리어-81은 급속도로 퍼져 전 세계 모든 국가를 감염 시켰다. 자유로운 여행과 항공기 운항으로 수십억 명이 뉴클 리어-81에 감염되고 팔십 세 이상 노인들이 전 세계에서 수 억 명이나 사망했다. 한국은 천만 명 이상 감염돼 팔십 세 이 상 망구노인 사망자가 수십만 명을 넘어섰다. 무서운 속도로 전파되는 뉴클리어-81은 진정될 기미가 보이지 않았다. 실버 노인들도 사망자가 늘면서 일부 전문가들은 우리나라의 노인 대부분이 사망할 것으로 전망했다. 청년들은 그 수치에 환호 하며 전국적으로 청년단체가 생겨나 노인 사망자가 백만 명 을 돌파하자 도시마다 청년들의 축하공연이 이어졌다. 거리 에서는 더 이상 노인을 찾아보기 어려웠다. 정훈과 연희는 발 표한 자료를 정리해 청와대에 올릴 보고서 작성하느라 정신 이 없었다. 대통령도 두 사람의 보고서에 특별한 관심을 가지 고 있다는 생각에 실버공동복지관과 국가의사제도가 국민연 금과 국민건강보험의 파산을 막을 방법이 될 것이란 믿음이 생겼다. 정훈과 연희가 자료를 정리해 청와대에 올리고 며칠 후 대통령이 특별 담화문을 발표했다.

"국민 여러분 대한민국 대통령입니다. 우리나라는 세계에서 최초로 뉴클리어-81 치료제와 백신 개발에 성공하였으며 한 달 안으로 치료제 생산이 가능하고 백신은 수개월 이내에 대량생산이 가능합니다. 정부는 더 이상의 노인들 희생을 막기 위해 최대한 뉴클리어-81 치료제와 백신 생산에 최선을 다할 것입니다. 또한 모든 피해는 반드시 뉴클리어-81을 발생시킨 일본에 배상을 청구할 것입니다."

대통령의 담화문은 노인들에게는 희망을 주었으나 청년들에게 달갑지 않은 소식이었다. 청년들은 연금 적자와 건강보험 적자를 개선할 대통령의 담화가 없자 거세게 항의하며 광화문광장으로 백만 명 이상이 모여들어 연금과 건강보험 개혁을 요구하며 시위했다. 시청광장에서는 수만 명의 노인이 데모하다가 청년들과 충돌해 노인 수백 명이 부상하는 끔찍한 사고가 발생했다. 정훈과 연희는 이런 지경까지 되었는데 정부에서는 왜 자신들의 연구 결과를 발표하지 않는지 이해가 되지 않았다.

정훈이 불만을 터트렸다.

- 우리의 연구 결과를 왜 발표하지 않는 걸까?

연희가 우물거리다 대답했다.

- 정부는 망구노인들이 다 죽었으니, 실버노인들까지 모두 죽길 기다리겠다는 속셈인지도 모르지...

뉴스에서는 전 세계가 뉴클리어-81 백신과 치료제 생산에 돌입했다고 떠들었다. 모든 국가가 일시에 생산을 발표하고 나섰다. 나라마다 백신과 치료제 생산을 미루고 있었다고 생각할 수밖에 없었다.

정훈이 고개를 갸웃거리며 말했다.

- 우리나라가 먼저 뉴클리어-81 치료제와 백신을 생산하겠다고 발표하니까 선진국들도 치료제와 백산을 생산하겠다고 앞다투어 발표하네.

- 그러게, 선진국들이 우리나라 정책을 따라 하는 느낌을 갖지 않을 수 없네.

선진국의 노인 사망자가 급증해도 중국, 유럽, 미국, 일본, 인도 등 장수국들은 하나같이 뉴클리어-81 치료제와 백신 개발에 적극성을 보이지 않고, 나라마다 노인을 혐오하는 청년 단체들이 비가 내린 숲에서 독버섯이 돋아나듯 생겨났다. 우리나라는 노인들 집만 노리는 도둑과 강도가 극성을 부렸다. 청년들의 데모는 더욱 극심해졌다. 연금과 건강보험의 적자를 개선할 대책을 발표하기 전까지는 치료제와 백신의 생산을 중단하라며 급기야 눈에 보이는 노인은 무조건 공격하는

격한 시위로 변해 거리의 질서가 무너지고 사태가 심각해지면서 대통령이 특별 담화문을 발표했다.

"대한민국 대통령입니다. 청년들이 분노하는 국민연금과 건강보험의 적자를 개선할 정책을 마련하였습니다. 먼저 국민연금 개혁안을 말씀드리겠습니다. 전국의 군마다 노인생활시설 실버공동복지관을 지어 팔십 세 이상 노인 모두를 수용할 때까지 건설하겠습니다. 국가는 노인의 의식주를 모두 책임질 것입니다. 대신 국가가 노인들의 생계를 책임지는 만큼 팔십 세 이상 노인의 연금지급은 모두 중단하고 운전면허증을 포함하여 국가로부터 받은 모든 국가자격증의 효력을 정지하고 선거권을 박탈합니다. 다만 연금을 받지 않고도 스스로 생활이 가능한 팔십 세 이상 노인들은 실버복지관에 강제 입주시키지는 않겠습니다."

대통령은 물 한 모금을 마시고 국민건강보험 적자 개선 방안을 발표했다.

"정부는 국가공무원의사제도를 시행하여 해마다 충분한 의사를 배출하겠습니다. 국가공무원의사란 국가에서 월급을 받는 의사를 말합니다. 국가공무원의사를 보건소와 실버복지관에 배치해 노인 환자를 무료로 치료하겠습니다. 연명치료나 과잉 수술을 과감히 중단해 막대한 진료비의 지출을 막아, 국민건강보험의 적자를 획기적으로 개선하겠습니다. 또한 많은 의사를 해외로 내보내 국가의 위상을 높이고 세계 보건에도 이바지하는 선진국의 면모를 갖출 것입니다. 그리고 노인들이 시골의 실버공동복지관으로 입주하면 노인들이 살던 수백만 가구의 도시주택을 청년들에게 공급하겠습니다."

대통령의 특별담화는 청년들에게 국민연금과 국민건강보험 적자에 대한 불안감을 확실하게 없애는 명연설로 노인들도 만족할 정책이었다. 한국형 노인복지정책은 세계 선진국들이 초고령화 사회로 접어들면서 겪는 심각한 연금 문제와 건강보험의 적자를 해결할 방법이었다. 정훈과 연희는 대통령의 특별담화를 듣고 매우 기뻤다. 무안의 전원주택으로 피신했던 동안 그곳의 노인들이 마을회관에서 공동으로 식사를 해결하고 때로는 함께 잠을 자는 것을 보고 얻은 연구 결과였다.

정훈이 연희에게 물었다.

- 팔십 세 이상 망구노인들 연금 지급을 중단하면 어떻게 되는 거야?

- 망구노인들이 실버공동복지관으로 입주하면 그들의 연금으로 공동생활비를 충당하는 정책이고 정부가 책임진다는 것은 망구노인들의 인권도 중요하지만, 그보다 더 중요한 것은 노인들을 간호하는 가족의 인권이라는 말입니다. 저출산국가에서 간병으로 인해 고급 인력들이 일을 못 하면 국가적인 큰 손실이지요. 또한 망구노인들은 자연에서 편안한 노후를 보내라는 의미도 강합니다.

- 운전면허증과 국가자격증 효력 정지는?

- 망구노인들은 다리에 힘이 없어 차를 끌고 다니는 움직이는 폭탄이라 선량한 다수의 국민 생명을 위협하고 교통사고는 여러 가정을 불행으로 몰아넣는 불행한 일이므로 망구노인들은 운전해서는 안 되는 것이며, 망구노인들의 국가자격증은 대부분 불법 대여되어 돈 있는 사람들의 돈벌이 수단으로 악용되므로 선량한 국민에게 큰 피해를 주고, 청년들이 진출해야 할 분야의 일자리를 막는 크나큰 손실을 초래합니다. 망구노인들은 중고등학생보다 사리 판단력이 떨어지는데 중고등학생은 선거권을 제한하면서 망구노인들에게 선거권을 부여하는 것은 말이 안 되는 것이며, 더구나 망구노인 20%는 치매 환자인데 그들까지 선거권이 있잖아요. 또한 정치인들이 망구노인들의 표를 얻으려고 벌벌 기면서 올바른

정치를 실현하지 못하므로 정치인을 망구노인들의 표로부터 해방시켜주자는 겁니다.

노부부는 실제로 며칠간 무안에서 체험한 생활이라 시골의 실버공동복지관이나 국가의사제도의 성공을 누구보다 확신했다. 공기 맑은 곳에서 소일거리를 찾아 활동하면 건강 유지에도 좋고 노인들이 어울려 생활하면서 외로움 같은 것은 전혀 느낄 틈도 없었다. 또한 노인들이 가장 걱정하는, 아프면 병원에 가야 하는데 대도시에 살아야 치료받을 수 있다는 걱정은 국가의사제도가 시행되면 시골에서도 좋은 의료혜택을 누릴 수 있어 노인들도 안심할 수 있었다.

청년들은 노인들의 시골 이주를 반겼다. 노인들이 시골로 떠난다면 청년들에게는 주택문제가 해결되고 아이들에게는 좋은 교육의 환경이 마련되는 계기가 되기 때문이다. 굳이 노인들이 도시에 거주하며 한국의 미래를 책임질 아이들의 교육을 방해할 이유는 없었다. 노인들이 연금과 건강보험 혜택을 받기 위해서라도 도시의 아파트는 청년들이 아이들과 함께 살게 하는 것이 미래를 위해 바람직했다. 청년들이 내는 연금으로 노인들이 살아가야 하므로 모든 아이와 청년은 노인들의 자식이나 다름없었다.

드디어 뉴클리어-81 치료제가 한국에서 가장 먼저 생산되고 노인들부터 치료가 시작되었다. 세계 각 나라도 치료제를 생산해 뉴클리어-81 감염자 치료를 시작하면서 백신까지 생산되면 뉴클리어-81 바이러스는 소멸될 것이란 예측도 나돌았다. 정훈과 연희가 연구보고서를 제출하고 휴가를 얻어 노부부는 무안으로 이주할 준비를 서둘렀다.

청년들의 반란

4

도시 탈출

정훈 부부는 부모님을 모시고 점심시간이 지나 자동차를 타고 집을 나섰다. 노인들은 적어도 두 시간에 한 번은 화장실을 가야 하므로 빨리 가도 무안까지는 다섯 시간 이상 걸리는 장거리 여행이었다. 아파트 단지를 빠져나와 서초 IC로 향했다. 경부고속도로 부산 방향 진입로는 오 킬로미터 전방부터 남부순환로에 차들이 줄을 길게 서 있어 좀처럼 고속도로로 들어가지 못하고 새치기하는 차들로 야단법석이었다. 라디오를 켜고 청취한 교통 상황이 심상치 않았다. 어제까지만 해도 팔십 세 이상 노인들의 실버공동복지관 입주를 찬성하던 청년단체들이 새로운 구호를 외치며 노인들에게 묻지마 테러를 자행해 서울은 순식간에 무법천지가 되고 수도권 도시로 청년들의 테러가 번졌다. 청년들의 구호는 칠십 세 이상

팔백만 실버노인들까지 모두 도시를 떠나라는 요구였다. 삼십대 청년들이 주도하는 청년단체는 칠십 세 이상 노인들에게 도시를 떠나 시골로 가라고 외쳤다. 청년들은 노인을 집단 구타하고 개떼처럼 달려들어 짓밟았다. 동시다발적으로 청년들의 노인 혐오 테러가 자행되면서 경찰도 청년들의 테러를 막지 못했다. 서울을 탈출하려는 노인들 차량 행렬이 고속도로 입구로 몰려들었다. 청년단체가 구호를 외치고 서울 거리를 행진하면서 길게 늘어선 차들과 맞닥트려 정훈의 차를 둘러싸고 차 안을 들여다보며 성철과 정숙을 향해 소리쳤다.

- 노인들은 도시를 떠나라!
- 청년들이 도시에서 살며 아이 낳고 키우도록 노인들은 시골로 떠나라!

청년들이 소리치고 지나가며 정훈의 차에 돌을 내던져 차 유리창이 쩍쩍 금이 갔다. 노부부가 테러당하지 않은 것이 다행이었다. 성철은 모자를 깊이 눌러쓰고 정숙은 스카프로 얼굴을 가리고 선글라스를 쓰고 있었다. 청년들 요구는 노인들의 과도한 연금과 건강보험료 때문에 아이들 키울 여유도 없고, 노인들이 서울 아파트를 차지해 아파트 가격이 상승해, 애 낳고 키울 여력조차 상실했으므로 천만 명에 달하는 노인들은 모두 도시를 떠나 팔십 세 이상 망구노인은 실버공동복지관에 입주해 살고, 칠십 세 이상 실버노인들은 고향이나 농어촌으로 귀촌해 건강도 지키고 전원생활을 누리라는 말이었다.

정훈은 청년들을 피해 겨우 경부고속도로에 진입했다. 양재동 곳곳에서 테러당한 노인들 차가 불길에 휩싸여 시꺼먼 연기가 하늘로 솟아올랐다. 노인들이 많이 사는 분당은 헤아릴 수 없는 연기 기둥이 거리에서 새까맣게 피어올라 마치 전쟁터와 같았다.

정숙이 불안한 눈빛으로 아들에게 말했다.

- 우리까지 테러당할까 무섭다. 어서 여기서 벗어나자!

성철이 좌우를 살피며 말했다.

- 가고 싶어도 차가 꼼짝할 수 없으니 두려워도 참아요.

정훈은 마음이 조급했다. 용인과 수원도 여기저기서 불길이 치솟고 청년들이 외치는 구호 소리가 고속도로의 차까지 들려왔다. 동탄 신도시는 청년들이 고속도로변에서 불을 피워놓고 소주병을 들고 마시며 빈 병을 차를 향해 집어던지기도 했다. 정훈은 피하고 싶어도 피할 곳이 없어 양손으로 운전대를 꽉 잡고 사방을 두리번거리며 바짝 긴장했다. 달팽이처럼 기어 천안까지 내려와도 곳곳에서 불길이 타올라 경찰력은 완전히 마비된 것 같았다. 천안논산고속도로로 접어든

다음에야 어머니는 안심이 되는지 머리에 둘렀던 스카프를 풀고 아버지도 모자를 벗으며 손바닥으로 이마의 땀을 닦았다. 정훈은 무안 전원주택에 열세 시간 만에 도착했다. 간단히 밥을 먹고 연희가 커피를 탔다. 네 사람은 커피잔을 들고 바다를 바라보며 말이 없었다.

연희가 커피 한 모금 마시고 정훈을 부르며 말했다.

- 우리도 늙으면 무안으로 내려와 살까요?

- 노인이 되면 도시에서는 못 살 것 같은데... 아이들이 청년이 되면 우리도 시골로 내려가 살라고 난리를 치겠지...

성철이 묵묵히 듣고만 있다가 입을 열었다.

- 청년들 말도 틀린 말은 아니다. 해마다 수십조 원이 넘는 돈이 노인들 연금으로 빠져나가는데 청년들도 화가 나겠지. 노인 연금이 경제생활에 막대한 지장을 주고, 더구나 청년들은 연금이 고갈되면 나중에 받지도 못할 것인데...

- 아버님, 청년들은 연금만 부담하는 것이 아니라 노인들이 써버리는 건강보험료가 더 심각합니다.

정숙이 화가 난 듯 물었다.

- 노인들이 얼마나 쓴다고 그래?

- 오천만 인구 중 약 천만 명의 노인들이 국민 전체 진료비 오십 퍼센트 이상을 사용합니다.

도시 탈출

성철이 말했다.

- 노인들이 죽지 않고 오래 사는 것이 문제구나...

- 오죽하면 청년들이 자기 부모님은 육십오 세까지만 살았으면 좋겠다고 하겠습니까?

정훈은 부모님을 무안에 모셔다드리고 홀가분한 마음으로 서울로 출발했다. 서울톨게이트를 통과하기 전에 차들이 길게 줄을 서 있고 경찰이 차 문을 열고 노인이 타고 있나 없나 검색하고 트렁크까지 열어 보여줘야 했다. 노인이 타고 있는 차는 서울톨게이트에서 유턴시켜 다시 시골로 돌려보냈다. 노인들은 청년들에게 테러당할 위험이 크다는 이유였다.

다음 날부터 서울은 더욱 시끄러워졌다. 우려했던 대로 이삼십대 청년들이 적극적으로 청년단체에 합류했다. 그들은 직장이 있어야 돈을 벌고 돈을 벌어야 아파트를 장만하고 결혼해 아이를 낳아 키울 수 있다고 했다. 청년들이 결혼하지 못하고 아이를 낳지 않으면 대한민국은 청년세대가 사라져 삼십 년 후에는 나라가 망할 것이라 주장했다. 이삼십대 청년들이 가세하면서 노인 테러가 격렬해져 시골로 떠나지 않고 집에 숨어있는 노인들을 집에서 끌어내 폭행하고 끝까지 집에서 나오지 않으면 현관문을 용접해 밖으로 나오지 못하도록 감금해 아파트에서 굶어 죽게 했다.

아침마다 거리에서는 밤에 몰래 부식을 구하러 나왔던 노인들이 청년들 테러로 죽어있어 구급차가 사이렌을 울리며 시체를 실어 날랐다. 노인들의 죽음은 뉴클리어-81에 걸려 죽은 개들을 보는 것처럼 슬프지 않았다. 청년들은 활개치며 다니고 오십대 장년들도 노인으로 오인받아 테러를 당하는 일이 일어나면서 정훈과 연희도 청년들이 무서워 최대한 검게 머리를 염색했다.

서울에서 뉴클리어-81 돌연변이가 발생해 노인들 위주로 다시 유행하고 전국에서 하루에 수만 명씩 감염되면서 칠십대 노인들까지 사망자가 급증했다. 정부가 약속한 치료제의 접종은 실제로 이루어지지 않았다. 바이러스 전문가들은 대한민국 국민 오천만 명 중 사천만 명 이상이 감염되면 자연스럽게 국민 전체에 항체가 생겨 뉴클리어-81 감염이 멈추고 사망자가 더 이상 발생하지 않을 것이라 말했다.

질병관리본부는 노인들과 접촉을 금하고 청년들도 집회를 멈춰달라고 경고했다. 종교단체들은 지구의 종말이 왔으므로 교회에 나와 기도하는 것만이 구원받는 길이라고 떠들었다. 청년들은 오히려 교회 앞에서 "노인이 죽어야 청년이 산다." 라고 소리쳤다. 뉴클리어-81 돌연변이 바이러스에 똑같이 걸려도 노인들만 사망하고 청년들은 대부분 일주일 안에 완쾌

하면서 노인들의 뉴클리어-81 돌연변이 바이러스 감염을 부추겼다. 전 세계적으로 노인 사망자가 급속히 늘어나도 선진국 중 어느 나라도 치료제 생산을 늘리는 나라는 없고 적게나마 생산된 치료제는 모두 청년들 치료에 사용했다.

질병관리본부장 김진수가 긴급 기자회견을 갖고 새로운 발표를 하였다.

"뉴클리어-81 돌연변이 바이러스에서 스트론튬-90 방사성물질이 검출되었습니다. 스트론튬은 뼈에 달라붙어 반감기 이십구 년 동안 인체에 잠복하며 DNA를 변형시켜 돌연변이 세포를 생성하므로 어떤 기형아가 태어날지 아무도 모릅니다. 절대 청년들은 바이러스에 감염되지 않도록 주의하여야 합니다."

김진수의 발표가 나가자 청년들은 불안감에 휩싸였다. 뉴클리어-81 돌연변이에 감염되면 삼십여 년 동안 어떤 기형아가 태어날지 예측할 수 없다는 발표에 놀란 청년들이 정부에 강력한 대책을 요구하며 즉시 치료제와 백신 생산량을 늘리라며 대대적으로 시위했다.

청년들이 SNS에서 퍼 나르는 일본 후쿠시마에서 태어났다는 기형 동식물 사진은 너무 충격적이라 도저히 눈을 뜨고 볼수가 없었다. 그래도 귀가 없이 태어난 토끼 사진은 귀여운 편이었다. 방사능에 오염된 생선은 주둥이에 여러 개의 혹이 돋고, 다리가 하나뿐인 개구리, 머리가 둘인 고양이 사진 등이 나돌아 청년들은 본인들이 기형아를 낳을까 봐 잔뜩 겁을 먹고 있었다.

정훈이 SNS상 기형아 사진을 보여주며 연희에게 물었다.

- 이 사진 봤어?

연희는 사진을 보고 바로 화장실로 달려가 "욱욱!" 하고 헛구역질을 했다.

- 미쳤어? 그런 끔찍한 사진을 왜 보여줘?

- 이런 기형아가 태어날 수 있을까? 믿을 수가 없어서...

- 방사능에 오염되면 어떤 아이가 태어날지 아무도 모른다고! 방사능오염으로 발생한 바이러스는 처음 있는 일이니까!

- 그래도 너무 끔찍하다.

- 그러니까 청년들이 지금까지 치료제 생산을 방해하다 이제는 빨리 치료제와 백신 생산을 늘리라고 난리 치는 거지...

- 정말 무서운 일이네. 스트론튬-90이 체내에 들어오면 반감기가 이십구 년이라니까 지우와 지혜도 조심해야겠어.

- 당신도 나도 조심해야지. 언제 어떤 돌연변이가 발생해

어떤 암이 발생할지 모르는 일인데...

질병관리본부는 청년들의 데모가 거세지자 즉각 치료제와 백신의 생산을 늘렸으나 노인들은 치료의 기회를 얻지 못해 죽어갔다. 정부에서 긴급국무회의가 열리고 정훈과 연희는 다시 한번 대통령 앞에서 보고해야 하였다.

보건복지부 장관이 연희에게 질문했다.

- 지금까지 노인 약 이백만 명이 뉴클리어-81 바이러스로 사망하였는데 앞으로 국민연금 적자는 어떻게 될 것 같습니까?

- 국민연금공단 재정책임자 배연희 답하겠습니다. 이백만 명의 노인이 사망해 연금수급자의 약 40퍼센트가 감소하면서 국민연금은 적자에서 흑자로 돌아설 것으로 예상됩니다. 하지만 일 년 정도 지나야 정확한 수치가 나올 것입니다. 이제는 국민연금의 재정 파탄을 걱정할 수준에서 벗어났다고 생각됩니다.

대통령이 가만히 고개를 끄덕였다. 눈치를 살피던 보건복지부 장관이 정훈에게 질문했다.

- 국민건강보험은 어떻게 될 것 같습니까?

- 국민건강보험공단 재정책임자 김정훈입니다. 이백만 명의 노인 사망은 노인들 치료비의 큰 감소를 가져왔습니다.

보건복지부 장관이 화를 내며 다시 물었다.

- 그래서 정확히 얼마나 감소한단 말입니까? 똑바로 보고하세요.

- 예, 국민건강보험은 노인 인구 이백만 명 사망으로 노인 치료비가 오십 퍼센트 이상 감소해 건강보험도 적자에서 흑자로 돌아서 건강보험의 재정 파탄을 막아냈다고 생각합니다.

대통령이 조용히 고개를 끄덕이고 표정 없이 김진수를 바라보며 말했다.

- 최대한 빨리 치료제와 백신 생산을 늘리세요.

김진수가 머리를 조아리며 대답했다.

- 네. 신속히 시행하겠습니다, 대통령님.

대통령이 일어나 나가자 장관들이 자리에서 일어나 박수를 쳤다. 정훈과 연희도 일어나 박수를 치고 김진수는 대통령을 문밖까지 따라 나가다가 경호원에게 저지당하고 다시 돌아왔다. 아무튼 정부에서 뉴클리어-81의 치료제와 백신을 대량 생산한다면 맥없이 죽어가는 노인들을 살릴 수 있는 일이라 정훈과 연희는 반가운 소식이었다. 집으로 돌아와 정훈이 샤워하고 안방으로 들어가자 연희는 코를 골며 잠들어 있었다. 야박한 연희를 흔들어 보았지만 전혀 반응이 없었다. 정훈은 아내가 많이 늙었다는 생각이 들어 등을 돌리고 누웠다. 정훈은 뉴클리어-81이 끝나가고 있으므로 우리나라는 일본에 얼마나 많은 배상금을 청구할지 궁금했다.

다음 날부터는 시청광장에 매일 노인 수십만 명이 몰려나와 데모에 참여했다. 종교단체 대표들이 집회를 주도하며 말도 안 되는 소리로 노인들을 자극했다. 정치인들이 합세하고 이름난 종교 지도자가 나와 마이크를 잡고 외쳤다.

- 하느님이 대한민국에 저주를 내려 뉴클리어-81을 폭우로 쏟아부었습니다.

데모에 참석한 사람들이 두 손을 하늘 높이 들고 흔들며 소리 높여 통성으로 기도하고 마이크를 쥔 종교 지도자는 대한민국에 종말이 온 듯한 기도를 소리 높여 중얼거렸다. 텔레비전으로 지켜보는 국민은 정말로 지구의 종말이 오나 착각이 들 정도였다. 몰지각한 종교단체의 집회가 전국에서 열리면서 무안에서도 뉴클리어-81 바이러스 환자가 수백 명이나 발생해 청년들의 노인 혐오 테러가 가중되었다.

질병관리본부가 주도하는 치료제와 백신은 모든 제약사를 가동하여도 생산량이 적어 전 국민에게 충분히 보급되지 않았다. 그나마 생산된 치료제와 백신은 청년단체들이 사재기하면서 가격이 급등하고 노인들에게는 판매조차 하지 않았다. 치료제와 백신 생산 공장이 하루에도 몇 개씩 청년들의 방화로 불타면서 치료제와 백신은 수백만 원을 주고도 구할 수가 없었다. 방화범이 잡히지 않으면서 방화 범죄는 급증하고 약값은 부르는 게 값이 되었다. 노인들이 약을 구하지 못해 속절없이 죽어가도 정부는 청년들의 사재기를 단속하지 못했다.

암시장에서 치료제를 비싸게 되팔려는 청년들이 벌 떼처럼 몰려다니며 치료제와 백신을 약탈하는 사건이 전국에서 일어나기 시작했다. 돈 많은 노인들이 치료제와 백신을 구하려고 돈 가방을 들고 암시장을 찾아다니면서 약을 구하기가 하늘의 별 따기보다 어려운 일이 되었다. 전국적으로 암시장이 형성되어 노인들의 목숨값으로 청년들은 큰돈을 벌고 있었다. 뉴클리어-81은 세상 사람들의 생활을 완전히 바꿔놓고 있었다.

정훈이 걱정스럽게 연희에게 물었다.

- 무안의 아버지 어머니는 무사하시겠지?

- 그럼요. 누가 건드려요? 감히 아무도 못 건드리지요. 동네 사람 모두 친정 친척들인데...

노부부는 무안의 바닷가 생활에 나날이 적응하며 익숙해지면서도 바람이 불면 집 앞까지 파도가 넘쳐 무섭기도 했다.

도시 탈출

하지만 큰 파도가 칠 때면 짜릿한 기분도 들었다. 서울에서는 전혀 느낄 수 없는 쾌감이 있었다. 바람이 불며 소나무들이 서로 비비며 내는 소리와 대숲의 댓잎이 스치는 소리는 오케스트라의 웅장한 연주로 들렸다. 특별한 걱정 없는 날들이 마음의 평화를 주었다. 눈을 뜨면 그날이 그날처럼 반복되면서도 큰 변화 없이 새로운 기분이 들었다. 어느 날부터인가 무안에도 뉴클리어-81 노인 환자들이 늘어나고 근처 도시의 청년들까지 뉴클리어-81에 감염되면서 시골 노인들도 마을회관에 모이는 것을 꺼리면서 마을회관 현관문에 쇠사슬이 감기고 커다란 자물쇠가 채워졌다. 마을에는 성철과 정숙이 뉴클리어-81 항체가 생성된 사람들이므로 바이러스에 걸리지 않는다는 소문이 연희 친정 식구들 입을 통해 빠르게 퍼졌다. 시골은 도시보다 소문이 빨랐다. 동네 노인들이 성철네 집으로 놀러 오면서부터 노부부의 집이 마을회관 역할을 했다. 노인들은 은근히 성철 부부의 손을 잡아보고, 시골에서도 귀한 참기름병을 들고 오고, 갓 잡은 싱싱한 소고기를 가져오기도 했다.

이장 부인이 넌지시 물었다.

- 두 분은 그 뭣이냐, 뉴클리어-81 바이러스에 안 걸린다고 하던데 참말이요?

정숙이 대답했다.

- 네, 우리는 이미 면역항체가 생겨 걸리지 않습니다.

- 그럼, 우리도 바이러스에 걸리면 치료해줄 수 있소?

성철이 눈치를 채고 빠르게 대답했다.

- 왜 우리가 그 생각을 못 했을까? 혈액원심분리기까지 가져왔는데...

- 혈액원심분리기가 뭣이당가요?

- 네, 우리 피를 뽑아 원심분리기에 넣고 돌리면 이삼일 후에 면역혈청이 분리됩니다. 한 번에 열두 개씩 생산이 가능하므로 한 달 이내에 마을 주민 모두 접종이 가능한 치료제를 만들 수 있을 것입니다.

- 그럼, 우리 동네 사람은 바이러스에 걸려도 싹 치료가 가능하다는 말이지요?

- 네, 맞습니다.

- 서울에서 우리 동네에 훌륭한 선생님들이 오셨구먼요.

- 집사람이 의사이니 혈장치료제 주사를 맞는 데는 아무런 문제가 없습니다.

마을 사람들은 좋아하며 집으로 돌아갔다. 초승달이 뜬 밤에 성철네 집으로 한 노인이 찾아와 서울의 아들에게 혈장치료제 주사를 놔달라고 사정하며 돈뭉치를 풀었다.

- 우리 소 한 마리 판 돈 그대로 가져왔소. 뉴클리어-81에 걸린 아들에게 꼭 혈장치료제 주사 한 번만 놔주세요.

성철이 돈은 거절하자 정숙이 돈다발을 받아들고 노려보며 말했다.

- 우리도 먹고살아야지요. 연금이 언제 끊어질지도 모르는데...

다음 날 늦은 밤에는 이장이 찾아왔다. 도시에 사는 딸이 바이러스에 걸려 사경을 헤매는데 치료해달라고 부탁했다.

정숙이 고개를 끄덕이고 이장을 바라봤다.

- 나도 들어서 알고 있소. 딸이 살아만 난다면 밭 오백 평을 드리겠소이다.

그 밭은 집 바로 옆에 있어 정숙이 고개를 끄덕이자 성철도 고개를 끄덕였다. 성철 부부가 혈장치료제를 가지고 있다는 소문은 순식간에 퍼져나갔다. 노부부는 피를 뽑아 혈액원심분리기에 열두 개의 시험관을 돌렸다. 노부부는 십 일에 한번 피를 뽑을 수 있었다. 그 이상은 위험하였으나 정숙은 돈이 생기면서 혈장치료제 만드는 일을 멈출 수가 없었다.

묘하게 낮에는 동네 사람들 눈치를 보며 찾아오지 못하는 사람들이 해가 떨어지면 몰래몰래 찾아왔다. 무작정 찾아와 도시에 사는 자녀들에게 주사를 놔달라고 사정하는 노인도 있고 아무런 약속도 없이 도시의 자식을 불러 불쑥 찾아와 돈 뭉치를 내밀며 사정하는 사람들도 있었다. 가만히 있어도 동네 사람들이 스스로 가격을 정해왔다. 소 한 마리가 두 마리가 되고 밭 오백 평이 천 평이 되었다. 그러나 정숙은 그것이 싫지 않았다. 시골 생활은 도시보다 연료비와 교통비가 훨씬 많이 들어갔다. 연금만으로는 먹고사는 것 정도만 해결할 수 있었다. 농토를 가진 농민들은 자급자족하면서 크게 돈 쓸 일이 없었지만 도시에서 살다 온 노부부에게는 생각하지 않았던 지출이 자꾸 생겨 경제적으로 힘들었다.

어느 날부터 갑자기 낮이면 영해공원으로 낚시꾼들이 몰려들었다. 사람들은 성철네 집을 기웃거리고 정숙이 밖으로 나가면 얼굴을 힐끔거렸다. 세상 조용하던 영해공원이 도시의 공원처럼 사람들이 북적거리고 무섭도록 많은 차가 몰려들어 차를 돌려서 나갈 공간도 없었다. 성철은 치료제와 백신을 구하기 어려운 사람들이 혹시나 하고 영해공원을 기웃거리는 것으로 생각했다. 이장과 동네 사람들은 동네가 북적북적하는 것이 수상하고 무슨 일이 터질 것만 같아 불안했다.

질병관리본부에서 치료제와 백신을 대량으로 생산해도 치료제는 청년들의 사재기로 큰돈을 주고도 구하지 못하고 개발에 성공했다는 백신은 부작용을 우려한 사람들이 접종을 기피했다.

이장은 동네 회의를 열어 밤에는 조를 짜 영해공원을 경비하기로 하고 파출소에 맡겼던 공기총을 모두 찾아와 밤마다 삼인 일조로 순찰했다. 밤에도 영해공원으로 들어오는 차들이 많아 한시도 긴장을 늦출 수가 없었다. 노부부는 문을 꼭꼭 잠그고 집 안의 불은 환하게 켜놓았다. 동네 사람들이 순찰하며 성철네 거실을 들여다보고 손을 흔들며 갔다. 혈액원 심분리기는 도난을 방지하기 위해 거실 텔레비전 옆에 두고 감시카메라까지 설치했다. 이장은 영해공원 입구에 감시카메라를 설치하고 출입하는 모든 차량의 정보를 수집했다. 차들은 영해공원에 들어와 성철네 집을 휙 한번 둘러보고 돌아가 밤에는 으스스한 기운이 영해공원에 감돌았다.

동네 사람들이 플래시로 거실을 비추며 지나갔다. 밤 열두 시로 마지막 순찰이었다. 또 긴 하루가 무사히 지나갔다고 안심하며 두 사람은 거실의 불을 끄고 방으로 들어가 자리를 펴고 누웠다. 처음에는 정답게만 들리던 바람에 댓잎 스치는 소리가 무섭게 느껴지고 밤에 들려오는 파도 소리는 온몸을 오싹하게 했다. 정숙은 돈이 많아지면서 그 소리가 무섭게 들리기 시작했다. 성철은 하루 종일 사람 보기도 힘든 곳이라 낯선 사람이 나타나면 공포심이 일었다. 한밤중에 현관문을 흔드는 소리에 노부부는 잠에서 깼다.

정숙이 두려움에 떨며 말했다.

- 여보, 무슨 소리 안 들려요?

- 나도 들었어요. 내가 나가볼게.

성철이 일어나 옷을 주섬주섬 입고 거실 불을 켰다. 현관문이 열려 있고 혈액원심분리기가 통째로 사라지고 없었다. 감시카메라를 돌려 봤지만, 화면이 흐려 누군지 알 수 없었다. 노부부는 거실 불을 켜고 앉아서 기다리다가 아침 일찍 이장 집으로 달려가 영해공원으로 한밤중에 들어온 차량을 확인했다. 차는 찍혔으나 번호판을 물에 적신 화장지로 가려 번호를 확인할 수 없었다. 경찰에 신고해도 별다른 방법이 없어 보였다. 노부부는 누군가 혈액원심분리기를 훔쳐 간 것이 차라리 잘된 일이라 생각했다. 더 이상 영해공원에 사람들이 찾아올 일이 없어 동네 순찰조도 해체되고 동네 사람들도 성철네 집에 관심을 두지 않았다.

성철이 밝은 얼굴로 말했다.

- 이제 우리도 편하게 살게 되었습니다.

- 그러게 말입니다. 돈 안 훔쳐 가고 사람 안 다쳤으니 얼마나 다행입니까?

- 도둑맞지 않았다면 우리가 혈장치료제 만드는 일을 과연

그만두었을까요?

　- 십 일이 지나면 또 피를 뽑고 싶은 욕망이 생겼겠지요.

　- 하기야 혈장치료제 열두 개면 돈이 얼마고 땅이 몇 평인데...

　- 사람들은 돈보다 목숨이 중해 혈장치료제를 사려고 난리인데 우리는 목숨을 걸고 피를 뽑아 혈장치료제를 만들다니 우리의 욕심도 끝이 없는 거 같습니다.

　며칠이 지나도 누구 하나 영해공원에 얼씬하지 않았다. 성철네 혈장치료제 도난 사건이 뉴스에 보도되면서 낚시를 하러 오는 사람도 없었다. 성철이 바다를 바라보며 정숙에게 물었다.

　- 후쿠시마 앞바다에 버려진 핵오염수가 여기 우리나라 서해안까지는 흘러오지 않았겠지요?

　- 쓰나미로 후쿠시마 원전 사고 시 누출된 방사성물질이 일 년 후에 동해에서 검출되었습니다.

　- 이곳은 서남해인데 완전하겠지요?

　- 누가 장담하겠습니까? 일본산 수산물은 헤아릴 수 없이 들어왔고, 후쿠시마의 생선을 잡아먹고 자란 참치는 세계의 대양을 빠른 속도로 수천 마리씩 떼를 지어 휘젓고 다닙니다. 지구의 바다는 하나로 연결돼 있고 플루토늄 유효반감기가

백구십팔 년이나 되니 언젠가는 우리 바다에도 후쿠시마의 핵오염수가 흘러온다고 봐야지요. 이 아름다운 다도해가 오염된다는 것은 정말 상상도 하기 싫은 일입니다. 하지만 동해가 오염되면 남해, 서해까지 오염되는 것은 한순간입니다.

- 너무 걱정은 마세요. 우리보다 일본 놈들이 먼저 죽지 않겠습니까? 우리에게는 대비할 시간이 있을 겁니다.

- 그렇게 생각할 일만은 아닙니다. 히로시마 원폭 피해를 입은 조선 징용자들 삼대까지 방사능 피해자가 나타나고 있습니다. 1945년 8월 히로시마에서 원폭 피해를 당한 사람들의 방사능 피해가 지금도 일어나고 있고 플루토늄 유효반감기 이백여 년 동안은 어떤 피해자들이 대를 이어 나타날지 예측할 수 없습니다. 히로시마 원폭은 인류 최초의 핵폭발 피해이므로 인류는 앞으로도 백 년 이상 지켜봐야 그 피해를 알 수 있고 그다음에도 어떤 피해가 발생할지는 누구도 짐작하기 어렵습니다. 노부부는 바다를 보며 커피잔을 들었다. 끝없이 밀려오는 파도가 그다지 아름답게 보이지만은 않았다.

뉴클리어-81은 돌연변이를 일으키며 도시와 농어촌 그리고 노인, 청년을 가리지 않고 거세게 확산되었다. 월요일 아침에 영해공원에 승합차를 타고 낚시꾼 다섯이 나타나 성철 부부에게 낚시 포인트를 물었다. 성철은 옷을 대충 입고 집밖으로 나가 친절하게 안내하는데 갑자기 낚시꾼들이 성철을 승합차 안으로 밀어 넣고 손수건 마취제로 기절시켰다. 낚시꾼들은 다시 집으로 들어가 남편이 쓰러졌다고 정숙을 불러내 역시 손수건 마취제로 기절시켜 납치했다. 승합차는 영해공원을 유유히 빠져나갔다. 아침에 해가 훤하게 뜬 시간에 일어난 사건이라 동네 사람들은 지나가는 승합차를 전혀 의심하지 않았다. 이장이 점심시간에 찾아왔다가 현관문이 열려있고 집 안에 사람이 없는 것을 확인하고 서울의 배연희에게 연락했다.

노부부가 눈을 떴을 때는 어느 전원주택의 거실이었다. 외딴집이라 소리를 질러도 도움줄 사람은 없어 보였다. 성철은 마음을 진정하고 두려움에 떨고 있는 정숙을 안정시켰다. 거실에 설치된 감시카메라가 두 사람의 움직임을 따라 돌았다. 손을 묶거나 입을 틀어막지도 않아 자유롭게 거실을 돌아다닐 수 있었다. 창문 밖으로는 한적한 바다가 보였다. 해가 하늘 높이 떴을 때 중년의 남성이 정장 차림으로 나타나고 그를 따라 건장한 청년 한 명과 삼십대 여자가 거실로 들어왔다. 중년의 남성이 소파에 앉으며 성철과 정숙도 앉으라고 손짓하고 청년과 여자는 그 남자 뒤에 손을 모으고 서 있었다.

중년의 남자가 입을 열었다.

- 선생님들을 무례하게 모신 것을 용서하십시오.

성철이 조용히 물었다.

- 우리가 무슨 잘못이라도?

- 그런 것은 아닙니다.

정숙이 목소리를 높여 따졌다.

- 그럼 왜 우리를 납치했습니까?

- 조금만 협조해주시면 됩니다. 다름이 아니라 제 아내가 뉴클리어-81에 감염되었습니다. 여러 경로로 치료제를 구하려고 노력하였지만 구할 수가 없었습니다. 그래서 결국 선생님들을 모시는 방법을 선택했습니다.

- 우리보고 어떻게 하란 말입니까?

- 여기서 며칠 푹 쉬면서 잘 드시고 혈장치료제를 만들어 제 아내를 치료해주시면 무사히 집으로 보내드리겠습니다. 하지만 아내가 완쾌되지 못하면 저도 앞날은 장담하지 못합니다.

정숙이 겁에 질려 물었다.

- 정말 아내만 치료하면 무사히 보내준다는 약속을 지킬 겁니까?

- 당연히 약속은 지킵니다. 그리고 충분한 사례도 하겠습니다.

도시 탈출

중년의 남자가 눈짓하자 청년이 혈액원심분리기와 채혈기구를 한 아름 가져왔다. 여자에게 다시 눈짓하자 코를 자극하는 손바닥만 한 스테이크를 내왔다. 성철은 배가 고팠다. 정숙의 배 속에서 꼬르륵 소리가 새어 나왔다. 하루 이상 굶은 탓에 온 신경이 스테이크로 쏠렸다. 목숨이 왔다 갔다 해도 굶주림 앞에서는 아무것도 소용없었다. 노부부는 포크부터 들었다.

그 남자가 조용히 말했다.

- 먼저 드시면서 제 얘기를 들어주세요.

성철은 포크로 스테이크를 푹 찍어 입으로 뜯고 정숙은 칼질해 포크로 찍어 먹었다. 기름진 냄새가 담백하게 올라오며 입 안에서 고기가 달콤하게 녹아내렸다. 허겁지겁 먹는 모습을 보며 그 남자가 살짝 미소 지으며 말했다.

- 음식은 충분히 여자분이 해드릴 겁니다. 일주일 안에 제 아내만 치료해주면 모든 것이 깨끗하게 끝납니다.

성철은 고기를 입에 물고 고개를 끄덕였다. 정숙은 포크를 접시에 내려놓았다. 중년 남자는 떠나고 건장한 청년이 감시자로 남고 여자는 식탁에 음식을 가득 차려놓고 노부부를 불렀다. 불판에 채소가 가득하고 소고기도 부위별로 준비되어 있었다. 마음껏 먹고 영양을 보충해 좋은 피를 뽑으라는 의미

같았다. 주방 아주머니가 정성껏 소고기를 구워주며 말했다.

- 자, 마음껏 드세요. 그리고 먹고 싶은 것이 있으면 말만 하세요. 무엇이든 준비해드리겠습니다.

정숙은 음식을 먹으며 성철에게 말했다.

- 이틀은 고기를 먹어야 피를 뽑아도 문제가 없을 것입니다.

- 우리를 해치지는 않을 사람들로 보입니다. 치료만 해주고 돌아갑시다.

노부부는 삼 일간 고기와 채소를 잘 먹으며 충분히 휴식을 취했다. 정숙은 성철의 피를 평소보다 많이 뽑아 혈액원심분리기에 넣고 돌리기 시작했다. 혈장치료제가 만들어지자 중년의 남성이 아내를 데려왔다. 키가 크고 몸이 마른 여자로 체력이 약해 뉴클리어-81에 감염된 듯 사경을 헤매고 있었다. 젊은 사람들은 자연 치유되는 병이지만 그의 아내는 상태가 심각해 보였다. 정숙은 그 여자의 팔뚝에서 정맥을 찾는데 애를 먹었다. 삼 일간 세 번의 혈장치료제를 주사했다. 하지만 그 여자는 좀처럼 회복되지 않고 약속한 날짜는 다가왔다.

정숙은 점점 불안감에 휩싸이고 성철도 뜻대로 치료가 되지 않고 있다는 것을 느꼈다. 만약 그의 아내가 회복하지 못

도시 탈출

하고 죽기라고 한다면 심각한 일이므로 정숙은 어떻게든 여자를 살려야 했다. 시간은 누구에게나 공평했다. 일주일이 지나고 팔 일이 되는 날 중년의 남성이 네 명의 건장한 청년을 데리고 다시 나타났다. 처음 만났을 때와는 전혀 다른 살기가 느끼지는 눈빛이었다. 그가 소파에 앉고 건장한 청년들이 그의 뒤에 나란히 섰다.

겁에 질린 정숙이 입을 열었다.

- 혈장치료는 순조롭게 진행되고 있으나 부인의 체력이 약해 쉽게 회복하지 못하고 있습니다.

- 치료가 가능하기는 합니까?

- 시간이 걸리겠지만 치료할 수 있습니다.

벌벌 떨며 목소리가 잘 안 나오는 정숙을 대신해 성철이 말했다.

- 아직 혈청은 많이 남아있습니다. 며칠 더 치료한다면 반드시 부인이 회복될 것입니다.

- 잘 들어요. 만약 아내를 살리지 못하면 두 분도 아내와 함께 먼 여행을 떠나야 한다는 것을 명심하세요.

정숙이 두 손을 깍지 끼고 연신 고개를 끄덕였다. 큰 아량을 베푸는 사람처럼 중년 남성은 삼 일의 시간을 더 주고 네 명의 청년을 데리고 밖으로 나갔다. 청년들은 차 트렁크에서 꺼냈던 짐을 다시 트렁크에 싣고 떠났다.

감시하는 건장한 청년이 말했다.

- 당신들 오늘 운 좋은 줄 알아요. 지금 차에 다시 싣는 것이 뭔 줄 알아요?

- ...

- 삽입니다, 삽.

음식을 담당하는 여자가 두 손으로 입을 가리고 급히 주방으로 사라졌다. 정숙은 부인이 누워있는 안방으로 들어가 환자의 상태를 살폈다. 숨은 쉬고 있으나 정신을 차리지 못했다. 아마도 무리한 다이어트 탓인지 뼈가 앙상해 볼썽사나웠다.

정숙은 주방 여자에게 영양제 수액 주사제를 부탁했다. 부인은 영양제를 맞고 기운이 돌아오자 정숙의 손을 잡고 살려달라고 애원했다. 정숙은 영양제와 혈장치료제 주사를 동시에 놓고 곁에서 지켜봤다. 성철은 도망칠 요량으로 집 안팎의 구조를 살피며 건장한 청년만 따돌리면 탈출할 수 있겠다는 생각이 들었다. 정숙이 그의 아내를 살리지 못하면 어떻게든 도망쳐야 살 수 있을 듯했다.

정숙은 마음이 조급해지면서 하루에 영양제 주사를 두 번이나 맞혔다. 영양제 주사 탓인지 기운을 차리고 있는 것은 분명

했지만 약속한 삼 일 중 이틀이 지나도 부인은 크게 회복되지 않았다. 정숙은 작심하고 혈장치료제 양을 늘려 주사하고 부인을 지켜보며 기다렸다. 부인은 잠시 깨어났다가 다시 정신을 잃고 마지막 날을 보냈다. 약속한 삼 일이 지나고 주방 여자가 어디론가 전화하자 중년의 남성이 다시 나타났다. 네 명의 청년이 차 트렁크에서 짐을 내리는 것을 보며 성철은 머리가 오싹했다. 정숙은 중년의 남성이 거실로 걸어 들어올 때까지 남편의 팔짱을 끼고 바짝 붙어있었다. 중년의 남자가 소파에 앉고 그의 뒤에 나란히 다섯 명의 청년과 감시원이 험상궂은 얼굴로 서면서 더 이상 희망이 없어 보였다.

성철은 기죽지 않고 당당하게 말했다.

- 부인의 상태부터 한번 확인하시지요.

중년의 남성은 멋쩍은 듯 일어나 안방으로 들어가 부인의 손을 잡고 흐느꼈다. 구슬프고 서럽게 우는 것이 아내를 지독히 사랑하는 사람 같았다. 한참 동안 남자가 소리 내 울고 조용해졌다. 중년 남성은 손수건으로 눈물을 닦고 체념한 듯 가만히 부인의 손을 내려놓고 거실로 나왔다.

- 치료는 다 끝난 것입니까?

정숙이 감정 없이 말했다.

- 최선을 다했습니다.

성철이 급히 말을 끊으며 말했다.

- 다시 혈장치료제는 만들 수 있습니다. 끝까지 포기하지 않고 치료한다면 살릴 수도 있지 않겠습니까?

중년의 남자가 정숙을 바라보았다. 정숙은 고개를 좌우로 천천히 저었다.

주방 여자가 안방에서 뛰어나오며 소리쳤다.

- 사모님이... 사모님이...

감시원 청년이 안방으로 들어가 확인하고 나왔다.

- 사모님이 돌아가신 거 같습니다.

중년 남자는 흥분하지 않고 침착했다. 등골이 오싹하도록 노부부를 노려보고 털이 서도록 한동안 말이 없었다. 그가 아주 낮은 목소리로 입을 열었다.

- 나는 약속을 철두철미하게 지키는 사람입니다. 내 아내가 죽었으므로 두 분도 약속을 지켜주셔야겠습니다.

정숙이 따졌다.

- 우리가 무슨 잘못이 있습니까?

- 내 아내를 살리지 못한 죄입니다.

- 우리와 무슨 상관이 있다고?

- 나는 아내가 없으면 세상에 존재할 의미가 없습니다, 그러므로 그 책임을 당신들에게 묻겠습니다.

완전히 미친놈이었지만 어떤 얘기도 그에게는 소용이 없었다. 도덕도 양심도 없는 돈을 가진 만큼 세상을 지배한다는 돈의 악마였다. 그가 눈짓하자 청년 둘이 노부부를 끌고 나가고 나머지 청년들은 밖으로 뛰어나가 연장을 챙기기 시작하였다. 달가닥달가닥 오싹한 소리가 성철과 정숙의 다리를 얼어붙게 하였다. 청년들은 별장 뒤 으슥한 숲으로 두 사람을 끌고 갔다. 정숙이 살려달라고 매달렸지만 차가운 얼굴의 중년 남성은 대답이 없었다. 성철은 이제 죽는구나 싶어 마지막으로 정숙에게 말했다.

- 여보, 그만 발버둥 치고 우리의 운명을 당당히 받아들입시다.

중년 남성의 명령으로 건장한 청년들이 땅을 파기 시작했다. 생매장해 버릴 요량으로 청년들이 곡괭이질을 할 때는 뼈가 으스러지는 고통이 느껴지고 삽질을 할 때는 살이 파이는 고통에 시달렸다. 중년 남성은 서둘러 땅을 파라고 한 번씩 소리를 질렀다. 정숙은 울음이 터져 엉엉 악을 쓰며 울기 시작했다. 성철도 눈물이 소나기처럼 쏟아졌다. 그때 경찰차 사이렌이 울리고 경찰특공대와 함께 정훈과 연희가 나타났다. 정숙은 정훈을 감싸 안고 통곡하고 연희는 성철의 손을 잡고 울었다. 경찰이 중년 남성과 괴한들을 체포해 끌고 갔다. 정숙은 지옥의 문턱까지 갔다 온 심정이었다. 성철은 죽지 않고 살아난 것이 꿈만 같았다. 아들과 며느리가 어떻게 알고 경찰을 데려왔는지 궁금했다.

정훈이 아버지를 보며 호들갑을 떨었다.

- 아버지, 동네 사람들이 경찰에 신고 안 했으면 큰일 날 뻔했습니다.

- 여기를 어떻게 알고 찾아왔냐?

- 핸드폰 실시간 위치 추적이 가능합니다.

- 우리 핸드폰은 그놈들이 모두 빼앗아 전원을 껐는데...

- 아버지, 어머니 핸드백에 핸드폰 하나가 더 있습니다.

- 엄마 핸드폰이 두 개라고? 왜?

- 저도 모르지요. 어머니가 왜 핸드폰이 두 개인지...

죽을 고비를 넘기고 간신히 목숨을 구한 두 사람은 납치의 공포로 무안 집이 무서워 정훈의 차를 타고 다시 서울로 올라왔다. 뉴클리어-81이 발생한 지 이 년이 지나고 있었다. 그러나 뉴클리어-81은 소멸하지 않고 새로운 돌연변이를 만들어내며 지구의 종말을 볼 기세를 올리고 있었다.

도시 탈출

5

실버 전쟁

　뉴클리어-81 기세는 꺾이지 않고 돌연변이가 나타나면서 지구촌은 대유행이 또다시 시작되었다. 나라마다 공항의 폐쇄나 관광객의 입국을 막지 않는 이유는 계산된 국가의 음모였다. 뉴클리어-81을 이용한 정책이 한국의 국민연금과 건강보험을 재정 파탄 위기에서 흑자로 전환시키면서 뉴클리어-81 재유행을 틈타 저개발국가들이 한국과 선진국을 모방하기 시작했다. 고령화 문제는 어느 나라나 심각한 상황으로 노인 문제는 21세기 국가들이 부딪친 공통 문제였으며 국가의 파탄을 막기 위해서는 정치인들이 반드시 해결해야 할 문제였다. 뉴클리어-81을 이용하는 것이 가장 빠르고 손쉽게 그리고 확실하게 해결하는 수단이었다. 또한 국민의 저항을 최소화할 수 있는 정책이었다.

사람 간 뉴클리어-81 돌연변이 바이러스가 출현하면서 지구상의 국가는 하나도 빠짐없이 뉴클리어-81의 대유행이 멈추지 않았다. 세계적인 팬데믹 상황에서 노인을 살리는 길은 노인들이 도시를 떠나는 것이고 인구 절벽에 부딪힌 군 단위 지방자치단체는 인구를 늘릴 절호의 기회로 중앙정부의 국민연금공단과 국민보험공단에서 건설비를 부담하는 실버공동복지관과 실버마을 건설을 대환영했다.

정훈과 연희가 방송에 출연해 실버마을 건설과 실버노인들의 농어촌 이주 정책에 관해 이야기했다. 청년들은 환호하고, 팔십 세 이상 망구노인들은 국가가 죽는 날까지 생계를 책임진다는 실버공동복지관 정책에 대찬성했다. 하지만 실버노인들은 국가가 고려장시키려 한다며 미친 소리라고 했다. 실버노인 수십만 명이 시청광장에 모여 실버타운 이주 반대 집회를 열고 구호를 외치며 깃발을 흔들었다.

- 노인들을 고려장시키지 마라! 대한민국은 우리가 경제 발전시켜 선진국을 만들었다. 우리도 도시에서 살 권리가 있다!

청년들은 반대편에서 노인들은 시골로 내려가라고 수천 명이 모여 집회하면서 피켓을 들고 맞구호를 외쳤다.

- 노인들은 도시에 빌붙어 살 생각 말라! 대한민국은 청년

들이 IT 강국으로 만들었다. 노인들은 도시를 떠나라!

청년들의 마지막 구호에 흥분한 실버노인 수만 명이 경찰 저지선을 뚫고 청년들에게 폭력을 행사하며 공격했다. 수적으로는 열세이나 힘으로는 노인들에게 질 리가 없는 청년들이 맞서면서 폭력이 난무해 격투기를 방불케 하였다. 여기저기서 사람들이 피를 흘리며 쓰러지고 노인이 쓰러지면 청년 서너 명이 달려들어 짓밟고 청년이 쓰러지면 노인 수십 명이 달려들어 마구 차고 밟았다.

시청광장에서 일어난 청년과 노인들의 폭력 사태로 노인 백여 명이 부상하고 두 명이 심정지 상태로 병원으로 이송 도중 사망했다. 청년도 이십여 명이 부상하는 참사가 일어났다. 경찰기동대가 긴급 출동하자 흩어지긴 했으나 지하철 안에서까지 난투극이 벌어졌다. 청년들은 서너 명씩 몰려다니며 노인들을 상대로 테러를 저질렀다. 노인들이 보이면 "틀딱딱이다!" "할매미다!" 소리치며 쫓았다.

지하철을 타고 집으로 돌아온 성철이 정훈에게 물었다.

– 틀딱딱은 뭐고, 할매미는 뭐냐?

연희가 입술을 씹으며 대답했다.

– 틀니 딱딱거리듯 말이 많다는 말이고, 할머니들이 매미처럼 시끄럽게 한다는 말입니다.

정숙이 화를 내며 투덜거렸다.

- 노인들이 벌레도 아니고 연금충! 건보충! 어쩌고저쩌고 하더니 이제는 틀딱딱, 할매미라니, 고얀 것들... 지들은 안 늙나 두고 보자.

- 어머니, 청년들이 노인들에게 일자리도 뺏기고,. 연금도 많이 내야 하고, 건강보험료도 계속 오르니까 불만이 쌓여 그러는 겁니다.

- 에미야, 너도 그러냐?

- 어머니, 저도 그런 생각이 들어요.

정숙이 정훈을 바라보며 말했다. 그때 정숙의 핸드백에서 핸드폰이 울렸다.

- 여보세요? 혈장치료제요...? 있습니다.

정숙은 핸드폰을 들고 방으로 들어가며 통화를 계속했다. 성철은 착잡했다. 노후에 먹고살 생각으로 돈을 받고 혈장치료제 주사를 놔주기 시작했고, 주사를 요구하는 사람들은 암암리에 전화를 해왔다. 정숙도 돈이 되는 일이라 쉽게 포기하지 못하고 서울의 아들 집에서 혈액원심분리기를 계속 돌렸다. 아들과 며느리도 알고 걱정하면서도 그만두라는 소리는 안 했다. 정숙은 돈을 받으면 아들과 며느리에게도 생활비로 목돈을 쥐여주었다. 정숙은 전화를 끊고 나오며 혈액원심분리기의 시험관 혈장 수를 헤아렸다.

성철이 조심스럽게 말했다.

– 이제 혈장치료제 장사 그만합시다.

정숙이 버럭 화를 냈다.

– 우리의 생활비 마련을 위해 하는 겁니다. 벌 때 벌어야지요!

정숙은 며느리의 눈치를 보며 더 이상 얘기하지 않았다. 성철은 정숙이 화를 내자 당황해 더는 입을 열지 않았다. 연희는 딴청을 부리고 정훈은 말없이 텔레비전 리모컨을 들고 채널을 돌리며 뉴스 방송을 찾았다. 성철은 한강을 바라보며 한숨지었다. 말은 안 해도 다들 돈 앞에서는 비굴했다.

시청광장 데모에 참석한 노인들이 뉴클리어-81 돌연변이 바이러스에 감염된 채 집으로 돌아가 가족들을 전염시키면서 노인 혐오는 가족에게까지 나타나며 한층 더 가중되었다. 노인들이 도시를 떠나지 않겠다고 집회를 이어가면서 청년들의 보복 공격이 무자비하게 자행돼 노인과 청년의 전쟁으로 번졌다. 노부부는 무서워 한 발짝도 아파트 밖으로 나가지 못하고 무안 집으로 돌아갈 생각만 하였다. 정훈은 서울 아파트가 안전하다며 무안 집으로 내려가는 것을 반대하고, 연희도 시부모님이 무안으로 내려가는 것을 말렸다. 정훈과 연희는 공무원이라 월급으로는 턱없이 올라버린 물가로 생활비가 부족했다. 다행히 정숙이 혈장치료제 주사를 놔주고 받는 돈이 있어 근근이 버티는데 부모님이 무안 집으로 내려간다면 당장 생계가 걱정이었다. 이미 아파트 단지는 전기세를 못 내 단전된 집이 많아 밤이면 아파트 단지가 캄캄했다. 불을 켜고 사는 집이 한 동에 반도 안 되었다. 수도가 끊긴 집들은 악취가 진동하고 쓰레기통을 뒤지는 주민들이 밤마다 활개 치고 도둑들이 극성을 부렸다. 그래도 도둑을 섣불리 막지 못하는 것은 대부분 뉴클리어-81 환자들이라 눈으로 보고도 도둑을 그냥 보내는 형편이었다. 굶주린 사람들은 길고양이를 잡아가기도 하고 청계천과 서울의 하천에 바글거리던 잉어까지 잡아다가 먹는다는 소문이 떠돌았다. 공원의 비둘기들이 자취를 감춘 것을 보면 헛소문만은 아니었다.

정훈과 연희는 매일 먹을거리 장만하는 것이 큰 걱정이었다. 생수는 값이 급등하면서 한 병에 만 원까지 치솟고 라면은 한 박스에 십만 원을 주고도 구하기 어려웠다. 대형마트도 물건이 들어오기 바쁘게 동이 났다. 뉴클리어-81 감염자가 거리에 쓰러지면 바로 질병관리본부의 시신 수거 차량이 출동하고, 한강에 배치된 특수 제작된 화장용 차량이 시신을 순식간에 불태웠다. 한강은 시꺼먼 연기가 화력발전소의 굴뚝 연기처럼 피어올라 죽음의 도시처럼 보였다.

성철과 정숙은 겁에 질려 아들과 며느리의 속사정을 알아
도 더 이상 숨이 막히고 가슴이 답답해 서울에서는 살 수가
없었다. 당장이라도 내려가려고 짐을 싸는데 정숙의 핸드백
에서 핸드폰이 울렸다.

- 여보세요?

- 예, 혈장치료제 주사를 맞을 수 있을까요?

- 한 사람분이 남기는 남았습니다.

- 돈은 얼마든지 드리겠습니다.

연희가 전화를 받아들고 주소를 알려주고 얼마 지나지 않
아 차를 타고 젊은 부부가 초등학생 아이를 데려왔다. 사이토
카인 폭풍 증상을 보여 정숙은 혈장치료제 주사를 놔주고 기
다렸다. 젊은 부부는 들고 있던 서류 가방을 내려놓고 정숙
앞에 무릎을 꿇고 빌었다.

아이 엄마가 울먹이며 말했다.

- 선생님, 우리 아이를 살려주셔서 정말 감사합니다. 은혜
를 어떻게 갚아야 할지 모르겠습니다.

노부부와 정훈 부부는 그들이 가져온 서류 가방만 바라보
고 있었다. 아이 아빠가 망설이다가 멋쩍은 표정으로 말했다.

- 죄송합니다. 이 가방은 빈 가방입니다. 저희는 돈이 없습

니다. 다음에 벌어서 꼭 갚겠습니다. 용서해주십시오. 우리 아이를 살리기 위해 거짓말을 했습니다.

그때 방문이 열리며 지우와 지혜가 나왔다. 아이들이 할아버지, 할머니에게 안기며 환하게 미소를 지었다. 성철의 품에 손주들이 안기는 것은 부산에서 올라오고 처음이었다. 정숙도 손주들이 다정하게 다가와 눈물이 나려고 하며 가슴이 뛰었다.

정숙이 지우와 지혜를 안으며 말했다.

- 우리 아이들도 사이토카인 폭풍으로 죽을 고비를 넘겼습니다. 아이들은 세포분열이 활발해 가끔 일어나는 현상입니다. 사이토카인 폭풍은 최소한 두 번은 혈장치료제 주사를 맞아야 효과가 있습니다.

아이 엄마가 무릎걸음으로 정숙에게 다가가 엎드리며 애원했다.

- 돈은 꼭 갚겠습니다. 저희 아이도 살려주십시오.

정숙이 지우와 지혜의 머리를 쓰다듬으며 나지막이 말했다.

- 아이 생명은 하나뿐이지만 돈은 날개가 있어 날아다니는 종이에 불과합니다. 삼 일 후에 돈 걱정하지 말고 다시 한번 오세요. 그땐 혈장치료제 주사가 만들어질 겁니다.

아이와 젊은 부부가 수십 번 절을 하고 나가며 다시 와도 괜찮냐고 다짐을 받았다. 노부부는 노인이라고 혐오하던 아이들이 품으로 돌아온 것이 행복했다. 성철이 눈물을 흘리고 정숙도 울었다. 정훈과 연희는 죄송한 마음에 눈물을 멈출 수가 없었다. 뉴클리어-81 환자들이 계속 혈장치료제 주사를 찾으면서 정숙과 성철은 무안으로 내려가지 못했다.

전 세계적으로 매일 뉴클리어-81 사망자 수백만 명이 발생하고 한국은 수백 명의 사망자가 새롭게 발생했다. 후진국에서는 거리의 시체를 처리하지 못하고 그대로 방치했다. 감염을 우려한 사람들이 썩어가는 시신을 피해 다닐 뿐 가족들도 치울 생각을 못 하고 시신 썩는 냄새에 코피가 터질 지경에 이르자 거리의 시체에 휘발유를 뿌려 그 자리에서 불태웠다. 각국 정부는 중장비를 동원해 시신을 공동으로 매장하는 것도 모자라 도시의 공터에 축구장만 한 구덩이를 파고 시신을 덤프트럭으로 실어다 기름을 뿌려 화장했다. 도시마다 시신 타는 검은 연기 기둥이 수백 미터 상공으로 치솟았다. 노부부는 텔레비전을 보며 손바닥으로 입을 가렸다. 서울에서도 아침마다 수십 구의 시체가 매일 발견되었다. 질병관리본부에 시신 발견 신고가 들어오면 시신 소각 차량이 신속히 출동해 로봇팔이 시체를 차의 소각로로 옮기고 초고열로 오 분

만에 화장해 한 줌의 재로 만들었다. 연기도 냄새도 나지 않는 한국에서 개발한 특수소각차량이었다. 인류는 자연 재앙보다 인간의 욕심으로 일어나는 재앙이 더 무섭고 끔찍했다. 뉴클리어-81도 일본의 핵오염수가 영원히 돌이킬 수 없는 재앙이 되고 있었다.

청년들은 실직해 정부지원금으로 버티고 굶어 죽는 가정이 전국에서 생겨나면서 '청년일자리지키는사람들' 단체가 도시마다 형성되었다, 그들은 검정 옷을 입고 검정 모자를 쓰고 검정 마스크를 하고 다녔다. 청일사는 집과 청년들의 일자리를 노리는 노인들을 극도로 혐오해 도시 노인들이 공격 목표가 되었다. 서울 강남에서는 아파트 이십오층의 노인 부부 집이 청일사의 드론 폭탄 공격을 받았다. 경찰의 수사 결과 제조법이 쉬운 사제폭탄으로 노인들을 부상시키거나 사망까지도 이르게 할 수 있는 폭탄으로 밝혀졌다. 분당에서는 드론 폭탄 공격으로 칠십대 노인이 거실에서 온몸에 유리 파편이 박히는 중상을 입었다. 서울 강북에서는 주택 마당에 드론이 폭탄을 떨어트려 정원에 있던 노인 부부가 쇳조각 파편에 크게 다쳐 병원으로 실려 가 치료 도중 사망했다. 용인에서는 아파트 이십층에 사는 노인들이 유리창을 깨고 들어온 드론 폭탄 공격으로 즉사했다. 청일사는 노인들에게 도시를 떠나라는 구호를 외치며 노인들에게 더욱 강력한 드론 폭탄 공격을 경고했다. 하루에도 수백 건씩 청일사의 드론 폭탄 공격이 자행돼 노인들이 부상하고 사망자가 발생하는 테러가 전국의 대도시에서 일어났다. 정훈은 아파트 현관문을 격하게 두드리는 소리에 문을 열고 나갔다. 옆집 청년이었다. 그리고 윗집과 아랫집 부부들이 총출동해 코를 씩씩거리고 있었다. 현관 앞이 시끄러워지자 연희도 따라 나왔다.

정훈이 흥분한 이웃들을 진정시키며 물었다.

- 무슨 일입니까?

옆집 청년이 잡아먹을 듯 대답했다.

- 뉴스를 보고 인터넷을 보면서도 몰라서 물어요?

- 예, 영문을 모르겠습니다.

윗집 부인이 턱을 치켜올리며 말했다.

- 정말 몰라서 묻는 거예요?

아랫집 아저씨가 말했다.

- 정말 모르는 것 같아 내가 얘기하겠습니다. 노인들이 사는 아파트가 드론의 폭탄 공격을 받는다는 것은 알지요?

연희가 코를 치밀며 대답했다.

- 그건 우리도 알아요. 그런데 그게 우리와 무슨 상관이 있어요?

실버 전쟁

- 미치고 환장하겠네. 이 집에도 노인이 둘이나 살고 있잖아요?

정훈이 화를 내며 되물었다.

- 그래서요?

- 청일사가 앞으로 더욱 강력한 드론 폭탄 공격을 경고했어요. 이 집이 드론 폭탄 공격을 받아 폭발하면 이 집만 피해를 보겠어요? 옆집, 윗집, 아랫집 다 피해를 본다는 말입니다.

- …

정훈 부부는 할 말이 없었다. 고개를 숙이고 있자 옆집 아저씨가 말했다.

- 당장 두 노인네 아파트에서 내보내세요.

윗집 여자가 혼잣말처럼 중얼거렸다.

- 시골로 가는 것이 좋을 겁니다.

아버지와 어머니가 시끄러워 나오려는 것을 연희가 안으로 들어가서 나오지 못하도록 막았다. 정훈은 문손잡이를 붙잡고 이웃들에게 곧 조치하겠다고 약속하고 급히 현관문을 닫고 문을 잠갔다. 노부부는 이웃들의 얘기를 다 들었으므로 무슨 일인지 묻지 않았다. 연희는 창문의 커튼을 치고 정훈은 소파 앞에 서서 머리를 긁적이며 얼버무렸다.

- 어머니 아버지, 별일 아닙니다. 우리 아이들이 방에서 뛰었나 봅니다. 층간 소음이 심하다고 몰려들 왔네요.

성철과 정숙은 아무런 대답을 하지 않고 텔레비전만 바라봤다. 노부부는 아들과 며느리가 무안으로 내려가라고 먼저 말하길 기다렸다. 아들 내외도 공무원 월급마저 제대로 지급되지 않으면서 경제적 어려움이 크다는 것은 알지만 더는 무서워 서울에 머물고 싶지 않았다. 머쓱하게 앉아 텔레비전을 보던 아들과 며느리가 아무 말 없이 안방으로 들어가려고 하자 성철이 아들을 불러 세웠다.

- 이제 우리는 무안으로 돌아가도 되지 않겠냐?

- 예. 아버지, 이제 시골로 내려가셔야지요.

연희가 정훈에게 말했다.

- 우리가 함께 모셔다드리고 옵시다.

- 예. 아버지 어머니, 내일이라도 모셔다드리겠습니다.

노부부는 무안 집으로 내려갈 준비를 하며 짐을 챙겼다. 청년들이 살아야 결혼해 아이들을 낳고 아이들이 성장해야 경제 활동하고 그들이 낸 세금으로 노인들 연금 주고 건강보험을 유지할 것이므로 나라를 위해서는 청년들이 아이를 낳고 교육하도록 도시의 집을 주고 노인들이 시골로 내려가 농사를 지으며 건강한 환경에서 적당히 운동하면 건강에도 좋고 국민건강보험에도 이바지할 일이었다.

정숙이 짐을 다 싸고 성철에게 물었다.

- 어찌 청년들이 노인을 못 잡아먹어 안달일까요?

- 내 가족은 굶어 죽어가는데, 노인들은 내가 낸 세금으로 연금받으며 사는 꼴을 보면 청년들이 화가 안 나겠소? 죽음 앞에서 법은 아무런 소용이 없지요. 가만히 있다가는 내 가족 다 죽일 판인데...

- 노인들이 도시를 떠나야 청년들이 산다는 얘기 아닙니까?

- 그렇지요. 그러니까 우리부터 어서 도시를 떠납시다.

노부부는 무안 집으로 내려갔다. 영해공원 사람들이 반갑게 환영하며 이장이 현수막까지 내걸고 노부부를 맞이했다. 영해공원에 걸린 "무안 노인 천국에 오신 것을 환영합니다!" 현수막을 보고 노부부는 눈물이 핑 돌았다. 도시의 청년들에게 쫓겨 오기는 했으나 시골 사람들의 환영은 노인들이 있어야 할 곳을 찾은 것 같았다.

6

해양의 몰락

성철은 정숙이 가져온 양파주스를 앞에 두고 마주 앉았다. 도시의 무서운 청년들이 안 보이는 것 자체가 평화였다. 무안의 바람 소리도 무서운 때가 있었으나 아들, 며느리에게 모든 재산을 다 빼앗기고 온 시골은 평화로웠다. 한때는 사람 많은 도시가 사람 사는 것 같아 좋았으나 이제는 사람 없는 시골이 한없이 좋았다. 도시는 하루하루가 새로운 것 같아도 변화 없는 나날이고 시골은 그날이 그날인 것 같아도 나날이 변화하는 자연의 새로운 날들이었다.

성철은 양파주스 병을 들고 한 모금 마셨다. 달착지근한 황색 주스가 목을 타고 부드럽게 넘어가며 양파 냄새를 풍겼다. 양파주스가 뉴클리어-81 예방에 좋다는 소문이 퍼지면서 노부부도 매일 커피 대신 서너 병씩 마셨다. 뉴클리어-81이 발

해양의 몰락

생한 지 삼 년이 넘어가고 있었다. 역사적으로 인류를 엄습했던 최악의 전염병은 무섭게 퍼지다가 인구의 삼분의 이가 감염되면서 사람들 몸에 면역항체가 생기며 자연히 소멸했다. 전 세계를 죽음의 공포로 몰아넣었던 코로나-19도 발생 이 년 만에 사라졌다. 성철은 뉴클리어-81도 곧 소멸할 거란 생각이 깊었다. 하지만 도시에서는 여전히 청년들의 반란이 계속되고 있었다. 성철은 씁쓸했다. 노인 없는 청년만의 세상은 위험하기 짝이 없었다. 노인의 경험은 돈으로 살 수 없는, 기나긴 세월을 겪어야 얻을 수 있는 세상살이 지혜였다. 인류는 수만 년을 노인에서 노인으로 이어오면서 새로운 역사를 썼다.

정숙이 바다를 바라보다가 조용히 입을 열었다.

- 이제는 일본이 방류한 핵오염수가 어떤 피해를 줄지 걱정입니다.

- 삼 년이 넘었으니 그 피해가 우리나라에서도 본격적으로 나타나기 시작할 겁니다. 일본이 후쿠시마 앞 태평양에 핵오염수를 방류하고 일 년 만에 동해에서 방사성물질이 검출되었습니다. 이 년이 지나서는 남해와 서해에서도 방사성물질이 검출되었고요.

- 일본이 핵오염수를 방류하면서 정화를 마친 깨끗한 처리

수만 방류하고 태평양의 해류를 따라 러시아, 알래스카 북태 평양을 거쳐 캐나다, 미국의 동태평양 해안을 따라 흐르다 북적도해류를 타고 다시 서태평양으로 돌아와 필리핀, 중국 해안을 돌아 우리나라 해안에 도달하는 데 사오 년이 걸린다고 발표하지 않았습니까?

ㅡ 그랬지요. 그러나 그건 일본이 오염수 방류를 위해 눈 가리고 아웅 한 것입니다. 태평양을 흐르는 해류는 큰 것만 있는 것이 아니라 각국의 연안을 흐르는 작은 해류도 수없이 많습니다. 우리나라 서해까지 이 년 만에 오염된 것도 연안 해류를 타고 흘러들어온 오염수들입니다. 대양의 해류를 타고 태평양을 돌아 우리나라에 들어올 핵오염수가 동해와 남해, 서해에 도달하면 어떤 사건이 일어날지 아무도 모르는 일입니다.

정숙이 혀를 차며 일어나 텃밭으로 나가는 것을 보고 성철은 눈을 감았다. 평생 원자력연구소에서 배우고 공부한 방사능 지식이 머리를 가득 채우며 되살아났다. 끔찍한 생각을 지우려고 머리를 심하게 흔들며 다시 눈을 떴다. 텃밭에서는 아내가 채소 모종을 심고 있었다. 어느 정도 시골 생활에 적응하면서 동네 노인들의 도움으로 먹고살 농사는 지을 수 있었다. 처음에는 막막하기만 했다. 하지만 시골 노인들이 살아온

해양의 몰락

경험으로 때가 되면 "이제는 무슨 씨를 뿌려라. 무슨 비료를 주어라. 이 벌레에는 무슨 농약을 쳐라." 하며 시골에서 터득한 농사 지식을 하나하나 친절하게 가르쳐주었다. 그 덕에 노부부가 운동 삼아 짓는 농사가 살림에 큰 도움이 되면서 생활비를 크게 절약할 수 있었다.

성철은 집밖으로 나와 의자에 앉아 바다를 바라봤다. 방사성물질이 바닷물에 밀려오는 것 같아 머리를 흔들어도 생각이 사라지지 않고 끔찍한 방사능 피해 사진들이 머리에서 영화처럼 떠올랐다. 방사능은 생각도 하기 싫은 일이지만 머리에서 빙빙 돌며 현기증을 일으켰다. 그때 마을 사람들이 이장과 함께 찾아왔다. 그들은 대낮부터 막걸리와 양파 몇 개를 들고 와 술을 권했다. 성철도 머리가 아파 막걸리를 기꺼이 받아 마시고 양파를 까 한 조각 입에 넣고 씹었다. 아삭한 매운맛이 막걸리의 텁텁함을 덜어냈다. 서너 잔을 연거푸 주고받자 이장이 하소연하기 시작했다.

- 김 선생님은 원자력연구소에서 근무하셨다면서요. 우리가 하도 기가 막혀 묻고 싶은 것이 있습니다.

- 제가 아는 데까지는 답해드리겠습니다.

- 서울에서 내려온 지 얼마 안 되어 아시는지 모르겠습니다만 지금 어촌의 현실이 말이 아닙니다. 김 양식장은 싹 망

해버렸고, 낙지를 파도 사 먹지를 않아 잡을 수도 없고. 숭어와 농어를 잡아도 팔 곳이 없습니다. 솔직히 우리도 바다에서 나오는 건 먹고 싶지 않은데 사람들이 수산물을 안 먹는다고 원망할 수도 없고요. 그것이 다 일본이 핵오염수를 태평양에 방류하고 이 년이 지나 서해에서도 방사성물질이 발견되었다고 방송에서 떠들면서 우리 어촌은 완전히 망했습니다. 전복 양식장이고 광어, 우럭, 새우, 장어 양식장까지 빚더미에 올라앉았습니다. 그냥 가져다 먹으라고 해도 사람들이 먹지를 않으니 바다에 그냥 방생하는 실정입니다.

- 저는 어촌이 그런 현실까지 되었는지 미처 생각하지 못했습니다.

- 김 선생님, 도대체 일본 후쿠시마 원전에서 바다에 방류한 핵오염수가 어떤 것입니까? 속 시원하게 설명 좀 해주세요.

성철은 막걸리 한 잔을 마시고 이장의 잔도 채워주었다. 무슨 말을 어떻게 시작해야 할지 말문이 트이지 않았다. 마을 사람들은 토끼처럼 귀를 세우고 성철의 얼굴만 뚫어져라 바라봤다. 정숙이 텃밭에서 채소를 뜯어와 된장과 함께 가지고 나왔다. 그리고 목포어시장에서 사 온 홍어를 접시에 가득 담아왔다. 마을 사람들은 막걸리를 마시고도 그 좋아하는 홍어

해양의 몰락

에는 젓가락도 대지 않고 매운 양파만 까서 안주로 먹었다. 정숙은 무안했다. 다른 안주는 없어 참치 통조림을 까 놔도 손을 대는 사람이 없었다. 정숙도 막걸리 한 잔을 받아 마시고 고추 하나를 된장에 찍어 먹었다. 어쩐지 해산물은 꺼림칙해 손이 가지 않았다.

성철이 차분히 입을 열었다.

- 태평양에 방류한 후쿠시마 원전의 핵오염수 방사성물질 중 삼중수소는 산소와 결합하면 물과 혼합되기 때문에 입자 상태로 존재하지 않아 삼중수소를 정화하는 과학기술이 없습니다. 그래서 일본 정부와 도쿄전력은 핵오염수에 물을 섞어 희석한 다음 방류했습니다. 바다에 방류하는 방법이 오염수를 처리하는 가장 빠른 방법이고 처리 비용도 제일 싸기 때문에 일본은 그 방법을 선택했습니다. 일본은 크나큰 실수를 한 겁니다. 삼중수소가 세슘-137이나 스트론튬-90, 아이오 딘-131 같은 방사성물질보다 반감기도 짧고 방사선량도 적다고 발표했지만 삼중수소가 인체에 흡수되면 자손들 세대까지 유전자 변형을 일으킬 수 있습니다. 세계 2차 대전 당시 미국이 일본 히로시마와 나가사키에 투하한 원자폭탄 피폭자 후손들이 지금까지 몇 대에 걸쳐 방사능으로 인해 유전적 손상이 나타나는 것처럼 삼중수소의 피해가 언제까지 지속해서

인간의 유전자에 변형을 일으켜 질병을 유발할지 알 수 없습니다.

이장과 마을 사람들은 침을 삼켜가며 성철의 설명에 귀를 기울이고 혀를 차며 한숨을 내쉬었다. 성철도 설명하기 무서운 일이었다. 후쿠시마에서 잡힌 기형 생선들 사진을 보면 인간의 상상력으로 상상할 수 없는 생선들이 잡히고 있었다. 한국에서도 후쿠시마 원전에서 방류한 방사성물질이 이미 동해와 남해 그리고 서해까지 해류를 타고 흘러들어와 농도가 높게 검출되었다. 본격적으로 오염수가 한국 바다에 도달하면 어떤 기형 생선들이 국내에서 잡힐지 알 수 없는 노릇이었다.

이장이 땅이 꺼져라 한숨을 쉬고 질문했다.

- 김 선생님, 바닷물을 마시는 미련한 사람은 없는데 어떻게 삼중수소가 사람의 몸속으로 들어온다는 말입니까?

- 삼중수소가 인체에 흡입되는 경로는 여러 가지가 있겠지만 쉽게 설명하면 후쿠시마 원전의 핵오염수를 태평양에 방류했을 때 가장 먼저 플랑크톤이 삼중수소를 흡입하고, 피폭된 플랑크톤을 먹은 어패류가 피폭되고, 어패류를 잡아 작은 생선부터 먹이사슬에 따라 우럭이나 광어, 고등어 그리고 더 큰 방어와 참치 같은 어종이 피폭됩니다. 그다음은 피폭된 생선을 먹은 인간이 피폭되게 됩니다. 사람의 몸속으로 들어온

해양의 몰락

삼중수소는 방사선량이 반으로 줄어드는 반감기가 십이 년이나 돼 몸 밖으로 방출되지 않은 삼중수소에 사람이 오랫동안 피폭되면 유전자 변형이 일어나 사망하거나 젊은 사람들은 기형아를 출산할 수도 있게 됩니다.

성철은 일본에서 잡히는 기형 생선에 관해 설명했다. 후쿠시마에서 잡힌 우럭은 주둥이가 위아래로 두 개나 있고, 두 개의 대가리가 붙은 생선 등 여러 기형 물고기를 이야기했다. 그리고 피폭된 생선을 먹은 사람들도 언제든 그런 기형아를 낳을 수 있다고 말하는 순간 동네 아주머니들이 밖으로 뛰어나가 토하기 시작했다. 너무나 끔찍한 일이라 정숙도 화장실로 달려가 먹은 것을 모두 토해냈다.

정숙이 물로 입을 헹구고 들어와 앉으며 성철에게 물었다.

– 삼중수소가 방출하는 방사선은 저에너지라 외부에서는 피부도 투과하지 못한다고 하지 않았어요?

– 삼중수소는 피폭된 해산물 섭취로 인체에 들어오면 세포조직이나 장기를 벗어나지 못하고 내부 피폭을 일으키기 때문에 고에너지 방사성물질보다 더 위험합니다. 삼중수소가 한번 몸 안으로 들어오면 체내에 축적돼 내부 피폭을 일으키며 지속적으로 장기를 손상해 암을 유발하고 심각한 질환을 발생시킵니다. 또한 방사선 피폭은 최저수치일지라도 질병을 유발하고 삼

중수소는 자신도 모르는 사이 피폭되는 것이 특징입니다.

동네 사람들이 서로를 바라보며 앞으로 어떻게 살아야 하는지 걱정하기 시작했다. 수산업에 투자한 것은 단 한푼도 건질 수 없다는 생각에 막막한 한숨 소리만 가득했다. 이장이 손바닥으로 얼굴을 문지르며 동네 사람들에게 말했다.

- 인자 우리는 바다에서 돈은 다 벌었소.

동네 사람들이 떠들었다.

- 그라믄 인자부터 뭘 해서 돈을 벌까잉!

성철이 쉽게 떨어지지 않는 입을 열었다.

- 일본이 핵오염수를 방류하고 일본 사람부터 생선의 소비량이 급감했습니다. 우리나라도 이제 더 이상 생선을 찾는 사람은 없을 것입니다. 세계 모든 국가의 수산업은 일본 핵오염수로 직격탄을 맞고 망하고 있습니다. 핵오염수 방류 이후 가장 먼저 해수를 식수로 만드는 담수화시설부터 피해가 나타나기 시작했고 우리나라는 오염수 방류 전부터 소금 사재기 현상까지 나타났습니다. 앞으로 전 세계 국가가 수산업 분야에서 어려움을 겪게 될 것입니다.

이장 부인이 침을 튀기며 화풀이하듯 성철에게 물었다.

- 오살 놈의 일본 놈들 때문에 우리나라 어민들까지 망하게 생겼네...

동네 사람들은 하나둘 투덜대며 집으로 돌아갔다. 정숙이 홍어 접시를 들고 나가 바다에 버리고 왔다. 어차피 먹지도 못할 생선, 버릴 곳조차 마땅치 않았다. 집으로 돌아간 동네 사람들은 그동안 잡아서 말린 생산을 바다에 내다 버리고 있었다. 끔찍한 일이었다. 앞으로 바다에서 생산한 수산물은 먹을 수 없을지도 모른다는 생각에 성철은 화가 치밀었다. 일본이 오염수를 바다에 방출한 것은 인류의 가장 큰 실수였다.

과학기술은 빛의 속도로 발전하는데 인간의 생각은 자전거 속도로 달리고 있었다. 일본의 핵오염수 발생량은 일주일에 대형 저장탱크 하나를 채울 양이라 일 년에 오십여 개의 저장탱크만 만들면 오염수를 다 저장할 수 있었다. 서둘러 해양으로 방류하지 않고 저장탱크에 저장해둔 상태에서 오염수의 정화처리 기술을 연구했다면 수십 년이면 과학기술로 충분히 해결할 수 있는 문제였다. 인류가 공동의 과제로 함께 연구한다면 더 빠르고 완벽한 해결책이 나올 수도 있었다. 머나먼 행성에 폐기할 날이 왔을지도 모르는 일이다. 그리고 삼중수소는 반감기가 십이 년이라 자연에서 충분히 해결할 수 있는 문제였다. 일본이 미래에 방사능이 자연환경에 어떤 영향을 미칠지 연구도 없이 태평양으로 방출해 버린 핵오염수는 영원히 돌이킬 수 없는 위험천만한 결정이었다.

방송마다 국제뉴스를 전하며 어떤 기형 생선이 잡혔다고 앞다투어 보도했다. 주로 입 주변에 상황버섯처럼 혹이 생긴 물고기들이었다. 방사능이 아니고는 생길 수 없는 기이한 현상들이었다. 생선 대가리, 아가미, 껍질 등 생선마다 주먹만 한 상황버섯 같은 혹이 붙어있었다.

아내가 함께 텔레비전을 보다 손으로 눈을 가리고 물었다.

- 물고기가 왜 저렇게 생겼어요?

- 방사성물질에 피폭돼 유전자가 변이를 일으킨 것 같네요.

- 일본이 오염수를 모두 정화해 방류했다고 했잖아요?

- 전 세계인이 일본의 핵오염수는 안전하다는 편협적이고 진실을 오도한 프로파간다에 세뇌당했습니다. 나도 저런 기형 물고기들이 지구의 모든 바다에서 나타날 거라고는 예상조차 하지 못했습니다.

- 나도 알겠네요. 지구의 바다는 모두 통하고 물고기들은 바다를 자유롭게 헤엄쳐 다니는데 일본 근처 바다만 오염될 것으로 생각한 정치인과 과학자들이 바보 아닌가요? 참치는 자동차 속도로 태평양, 인도양, 대서양, 북해, 남극해를 마음대로 이동하는데 오대양이 오염되는 것은 불을 보듯 뻔한 일 아닙니까?

해양의 몰락

- 그것을 모르고 일본이 오염수를 방류했겠습니까? 어떻게든 빠르고 비용이 적게 드는 방법을 선택해 정권을 유지하려는 일본 정치인들과 일본의 지원금을 받는 과학자들이 한통속이 되어 벌인 무시무시한 인류의 재앙입니다.

- 그나마 사람들이 생선을 먹지 않아 다행입니다.

- 사람들이 직접 생선을 안 먹는다는 것뿐이지, 범죄자들은 돈이 되는 일이라면 마약도 서슴없이 판매하고 있습니다. 생선을 가공해 돼지의 사료나 우리가 모르게 여러 가지 방법으로 유통해 돈을 벌어들이는 인간들이 있을 것이고 아프리카나 후진국에서는 당장 굶어 죽는 것보다 죽을 때 죽더라도 생선이라도 먹고 죽겠다는 굶주림에 절박한 사람들이 수없이 있을 것이므로 일본 핵오염수의 방사능에 피폭된 기형아도 태어날 것입니다. 다만 어떤 기형을 가지고 태어날지는 아무도 상상조차 하지 못할 것입니다.

- 인류가 종말을 맞이할 수도 있겠네요?

- 그렇지는 않을 겁니다. 막대한 손해는 입겠지만 과학은 십 년이면 놀랍도록 발전하므로 방사능을 예방하거나 치료약이 나올 겁니다.

- 일본에 오염수 피해 보상을 요구하겠다고 떠들던데 우리나라는 얼마나 청구하게 될까요?

- 전 세계 모든 국가가 수산업 피해를 보고 있으니 일본이 감당하기 어려울 겁니다. 더구나 인적, 물적 피해까지 더하면 언제 방사능 피해가 끝날지 알 수 없으므로 총배상액을 산출하기는 쉽지 않습니다.

일본은 핵오염수를 방류하기 전에 후쿠시마 어민들 피해보상금으로 오천억 원을 준비하고 수산업의 피해를 보상하겠다고 장담했다. 오로지 후쿠시마에서만 수산업의 피해가 발생할 것이란 아주 좁은 생각에서 마련한 금액이었다. 하지만 오염수를 방출한 날부터 일본인의 수산물 소비가 급격하게 줄었다. 그리고 몇 달 만에 혐오스러운 기형 물고기가 잡히면서 일본의 수산물 소비는 완전히 멈추었다. 후쿠시마뿐만 아니라 일본의 전 국민이 수산물 소비를 꺼리면서 일본인이 환장하는 참치의 소비가 완전히 사라져 새해의 첫 참치 경매가 소식은 들을 수 없었다. 오염수를 방류하기 전 일본의 일 년 참치 거래액은 약 일조 오천억에 달하고 수산물 매출액은 약 백오십조 원에 달했다. 그러나 핵오염수를 방류하면서 수산물 시장이 완전히 몰락해 일본은 자국의 어민들에게 해마다 보상해야 할 피해 금액이 백오십조 원 이상 되었다. 일본은 예산 천조국으로 경제대국이지만 오염수 방류 다음 해에 예산의 십분의 일을 수산업 피해보상금으로 지급하면서 나라 경제가 휘청거렸다.

일본과 가장 가까운 한국도 핵오염수 방류 이 년 만에 수산업이 몰락하면서 어민들 피해가 상상을 초월했다. 제주도에서만 일조 원의 수산물 피해가 발생했고 한국 전체로는 약 백조 원의 수산업 관련 피해가 발생해 일본에 백조 원의 피해배상을 청구한 상태였다. 후쿠시마 오염수를 방류하면서 해류를 따라 오염수가 러시아, 알래스카, 캐나다, 미국 서부 해안으로 흘러가면서 피해를 발생시켰고 핵오염수 방류 삼 년 차의 새해는 오염수가 섞인 북적도해류가 태평양에서 서태평양 필리핀을 향해 이동하고 있었다. 서태평양 섬나라들과 동남아시아 국가에 피해주고 필리핀에서 중국 해안을 따라 북상하면서 우리나라의 해안까지 방사성물질의 농도가 짙어진다면 그 피해액은 천문학적 금액이 될 것이다. 태평양 연안 국가들의 피해배상을 일본은 감당하기 어려울 것이고, 전 세계 국가로부터 피해배상 청구받으면 상상을 초월한 배상금을 지급해야 하는 일본은 멸망할 것으로 생각되었다.

성철은 정숙의 손을 잡고 바닷가를 걸었다. 일본인 절반이 갑상샘 질환으로 고생한다는 뉴스를 듣고 마음이 무거웠다. 어디서 나타났는지 개 세 마리가 무리 지어 바닷가 백사장에서 뭔가를 뜯어먹고 있었다. 바다에서 백사장으로 떠밀려 온

커다란 수십 마리의 참치였다. 개들은 노부부가 다가가도 전혀 짖지 않았다. 정숙이 개들 앞에서 걸음을 멈추고 뒤로 물러섰다. 성철은 개들을 살피고 경악했다. 암놈은 뒷다리 두 개가 없어 물구나무를 서서 뛰고, 수놈은 앞다리 두 개가 없어 뒷다리로 캥거루처럼 껑충껑충 뛰어서 걸었다. 새끼인 듯한 강아지는 대가리에 눈이 네 개였다. 한 몸에 두 개의 대가리가 하나로 붙어 태어난 것 같았다. 그래도 개들은 노부부를 보고 꼬리를 흔들며 다가왔다.

정숙은 끔찍한 개들의 모습에 뒷걸음치며 남편을 불렀다. 성철이 개들을 피해 뒷걸음쳐 정숙의 손을 잡고 집을 향해 내달렸다. 개들은 짖지도 못하면서 노부부를 따라 달려왔다. 노부부가 집으로 뛰어 들어가며 문을 잽싸게 닫았다. 개들은 떠나지 않고 문 앞에 앉아 꼼짝하지 않았다.

뉴클리어-81에 감염된 개들이 죽지 않고 용케 면역항체가 생겨 살아서 새끼까지 낳은 것 같았다. 정숙은 저 불쌍한 개들을 키워야 하나 고민하는 것 같았다. 성철은 계속 고개를 저었다. 정숙도 해운대의 기억 때문인지 쉽게 마음을 결정하지 못하고 고개를 저었다. 성철은 거실의 공기총에 실탄을 장전하고 창문을 열어 수놈부터 조준했다.

연이어 세 발의 총소리가 영해공원에 울려 퍼졌다.

해양의 몰락

작가의 말

　2023년 8월 24일 오후 1시 일본이 후쿠시마 핵오염수를 태평양에 방류하기 시작했다. 46억 살의 지구가 처음으로 해양의 핵오염을 겪게 되었다. 앞으로 후쿠시마 원전의 폐로가 이루어질 때까지 일본은 짧게는 30년에서 길게는 50년 이상 매일 발생하는 후쿠시마 핵오염수를 바다로 흘려보낼 것이다. 회의적인 것은 일본은 장담과 다르게 폐로를 위한 구체적인 방법을 내놓지 못하고 있다. 국제 환경단체 그린피스는 21세기 내에는 불가능할 것이라고 말하고 있다.

　영원할 지구에서 백년도 못사는 인간이 이슬 한 방울 떨어지듯 찰나의 21세기를 살면서 영원히 지울 수 없는 잘못을 저지르고 있다. 지구는 앞으로 태어날 인류의 후손들이 살아갈 우주의 푸른 별이다. 먼저 살다 가는 인류는 지구를 맑고 깨끗하게 온전히 보존해 고스란히 다음 세대에 넘겨주어야 할 책임이 있다.

　후쿠시마 참치는 나라와 국민을 위해 남은 인생을 걸고 쓴 21세기의 신 경세유표이다.

서울에서 무거운 마음으로 출판사에 원고를 넘기며 쓰다.

2023. 08. 24. 소설 쓰는 송주성